ADONIA,

OU

LES DANGERS

DU SENTIMENT.

1740

DE L'IMPRIMERIE DE BRASSEUR,
RUE DE LA HARPE, N°. 477.

Votre majesté a donc vu le portrait de ma mere?

huot Del.   Delignon Sculp

ADONIA,

OU

LES DANGERS

DU SENTIMENT.

Par F. SOULÉS.

TOME SECOND.

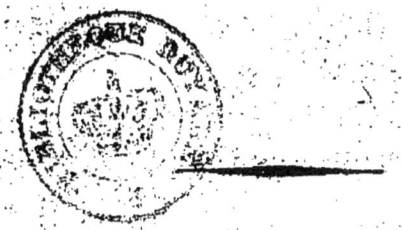

A PARIS,

Chez André, Libraire, rue de la Harpe,
Nº. 477.

AN IX. — 1801.

ADONIA,

OU

LES DANGERS

DU SENTIMENT.

CHAPITRE X.

« Si une beauté supérieure donnait des droits à une vanité extraordinaire, » dit le roi, « mademoiselle d'Anville serait excusable d'être la plus vaine de son sexe ; mais je ne puis croire qu'elle ait la moindre particule d'une faiblesse qui, dit-on, détruit le pouvoir de la beauté, tandis que la sienne conserve une si grande influence. »

« Adonia, » dit froidement de Bellefond, « n'est pas assez versée dans le langage de la galanterie pour faire une réponse convenable aux complimens de votre majesté ; mais si je puis en faire une pour elle, permettez-moi de vous représenter, sire, qu'il n'y a point de discours moins propre aux oreilles des jeunes personnes que celui qui contient des éloges de leur beauté, qui, quelque justes qu'ils soient, enivrent la raison ; et quelque nouveaux qu'ils puissent être pour elle, sont toujours sûrs de recevoir l'assentiment intérieur des suggestions secrètes de la vanité. »

« Vous oubliez, mon ami, » dit d'Avignon qui, tout occupé à la regarder, avait jusqu'ici été peu attentif à la conversation, « qu'il n'y a point d'émotion aussi insurmontable que la surprise, qu'il n'y en a point dont les expressions soient plus involontaires ; et la surprise excitée par la beauté est encore la plus difficile à réprimer. » « C'est vrai, » dit le roi, « et de Bellefond aurait encore pu rabattre de la sévérité de son avis, en faveur de la double raison de ma surprise, en découvrant dans sa charmante fille une si grande ressem-

blance avec la belle miniature. » « Votre
majesté a donc vu le portrait de ma
mère ? » dit Adonia qui commençait à
trouver la conversation fort agréable. —
« Adonia ! » s'écria de Bellefond en
faisant un mouvement convulsif, et en
jetant sur elle un regard fort sévère.
Elle se tut à l'instant ; mais l'air de de
Bellefond, la profonde rougeur qui se
répandit sur son visage, et l'alarme visible dans chacun de ses traits l'avaient
trahi, et le roi lui lança un prompt
coup d'œil qui semblait lui demander
s'il avait réellement le portrait de sa
première femme, ou si Adonia faisait
allusion à celui qu'il avait lui-même en
sa possession.

Le marquis vit bien alors que toute
réserve ultérieure serait non-seulement
inutile, mais même impolitique ; car
cacher sa connaissance du portrait que
possédait le roi, n'aurait pas empêché
ce dernier de faire de nouvelles recherches ailleurs, auxquelles la curiosité la plus naturelle l'aurait alors doublement engagé, afin de savoir la raison
de cette ressemblance qu'il avait si

malheureusement découverte dans Adonia, ressemblance trop frappante pour
échapper à ceux qui avaient vu le portrait. Il pensait à ce qu'il devait répondre au roi, lorsque sa majesté lui
dit qu'il était impossible que mademoiselle d'Anville eût vu sa miniature, qui
n'était jamais sortie de ses mains, et lui
exprima sa surprise de ce qu'il avait
le portrait de sa première femme, et
qu'il ne le lui eût pas montré après
toutes les questions qu'il lui avait faites
sur son compte. De Bellefond balbutia
quelques excuses; puis, rassemblant autant de fermeté que possible, il avoua
que ses raisons pour cacher le portrait
qu'il avait en sa possession, et pour
la requête qu'il avait si récemment faite
au roi au sujet du portrait que sa majesté avait acheté au peintre, étaient absolument les mêmes. « Ma surprise et
mon émotion, en apercevant ce portrait entre vos mains, sire, seront bien
pardonnables, quand vous verrez mon
excuse, » dit-il en tirant du cabinet
l'autre miniature; « et quand j'ajouterai
qu'ils sont tous deux de fidelles ressem-

blances d'une femme autrefois adorée, et que je regretterai toujours ! Vous ne serez pas surpris que je sois maintenant tout à fait incapable de vous expliquer les motifs d'un secret qui doit paraître si indigne de l'amitié dont votre majesté m'honore depuis long-tems. » « Ne vous imaginez pas, de Bellefond, » dit le roi d'un ton affectueux, et fâché des émotions que de Bellefond trahissait, « que je veuille vous extorquer un secret qu'il vous est pénible de dévoiler. Je suis convaincu de votre amitié, et persuadé qu'il n'y a rien de disgracieux dans le secret que vous avez des raisons de garder. Je n'ai pas envie d'entrer dans cette affaire ; et comme une marque de ma confiance et de mon affection, permettez-moi de faire présent à mademoiselle d'Anville de la miniature qui a causé votre inquiétude. Comme c'est la ressemblance de sa mère, il ne convient à personne mieux qu'à elle ; et j'oublierai toutes les circonstances qui y ont rapport, pourvu que la belle Adonia veuille bien quelquefois se ressouvenir, en la regardant, que le donateur préfère sa bienveillance à ses remercîmens. »

« Ah ! vous les avez tous, » s'écria Adonia, « plus que je ne puis l'exprimer ! » La miniature était alors élégamment enrichie de diamans, et elle la reçut avec transport. La regardant pendant quelques momens avec un visage rayonnant , elle prit avec empressement la main du roi, et la baisa avec ardeur.

Sa majesté sourit de cette innocente expression de la sensibilité de la jeunesse, et , lui retenant la main , dit : « C'est à présent moi qui suis votre débiteur, et il faut que je m'acquitte de ma dette. » « Comment ? » dit Adonia en se reculant un peu. « En vous rendant votre baiser, » répliqua le roi, la baisant respectueusement sur la joue. « Heureux privilège ! » dit d'Avignon en soupirant. Mais Adonia n'entendit ni la signification de ses paroles ni de son soupir. « Oh ! était-ce là tout ? » dit-elle au roi ; « votre majesté a trop de bonté. » Le roi sourit, et la conversation de-

vint alors générale. Adonia y prit part
avec une franchise et une vivacité qui
enchantèrent ses nouveaux auditeurs.

Le roi, qui n'avait jamais rencontré
tant de beauté et d'ingénuité réunies,
et un esprit si cultivé joint à une si
grande simplicité de manières, la regardait avec plaisir, et l'écoutait avec
admiration. D'Avignon la contemplait
avec un sentiment plus vif, et le tems
s'écoula sans qu'aucune personne de la
compagnie s'en aperçût, excepté de
Bellefond. Dévoré par les regrets les
plus amers, et les pressentimens les
plus pénibles, il ne se mêla presque
point à la conversation. Tâchant de
prendre de la fermeté pour la confidence qu'il avait résolu de faire au roi,
il méditait dans son esprit toutes les
conséquences possibles, et, les compa-
rant à une vie de seize ans passée
dans la douleur la plus cuisante, il ne
crut pas que ses maux fussent susceptibles de devenir plus insupportables,
quelque chose qu'il pût arriver.

Il regardait comme au-dessous de lui
de profiter de la générosité du roi, qui

l'avait dispensé d'une confession si pénible à son cœur, après avoir avoué qu'il gardait depuis tant d'années un secret mystérieux, et après toutes les preuves de confiance que sa majesté lui avait données, et dont il se croyait tout à fait indigne. D'ailleurs, la réserve lui paraissait alors aussi dangereuse que déshonorable ; car il était naturel que le roi ne mît plus tant de confiance en un homme qui lui avait montré tant de doute et tant de défiance, lui qui avait toujours été son ami et son protecteur. Quelque satisfaite que parût alors sa majesté, elle pourrait un jour douter de l'innocence d'un secret si long-tems et si soigneusement gardé malgré toutes ses sollicitations. Elle en savait maintenant assez pour que quelques mauvais coups de langue pussent exciter ses soupçons. D'ailleurs, si le roi venait à apprendre son histoire par un autre canal que par de Bellefond lui-même, après la candeur et la générosité avec lesquelles il l'avait traité, cela aurait une fort mauvaise apparence, et pourrait servir de prétexte à ses ennemis pour l'accuser de manière que sa majesté n'aurait plus elle-même le pouvoir de les réduire au silence. Le danger des insinuations que l'on pouvait donner, la résidence du peintre à Versailles, et le nombre d'ennemis qu'il était convaincu de s'être attirés, ne lui laissèrent plus l'ombre du doute.

Il crut que la beauté supérieure d'Angélique Conway permettait à peine que personne n'eût reconnu la ressemblance de ses traits dans le portrait que le roi avait pris tant de plaisir à montrer. Tant de gens étaient d'ailleurs instruits de sa longue retraite en Suisse, de la fuite mystérieuse d'Angélique, à peu près à la même époque, et du profond secret gardé sur son premier mariage, qu'il paraissait également impossible que cette coïncidence de circonstances ne révélât tôt ou tard sa malheureuse histoire, quand elle serait surtout appuyée par le témoignage du peintre.

L'idée que ses affaires domestiques fussent ainsi publiquement connues et discutées était humiliante pour son esprit altier, et plus particulièrement en-

core relativement au roi. Ce dernier,
en les voyant ainsi divulguées, pourrait
croire que c'était pour exciter sa compassion, ou pour influencer la décision
de la justice. Il était donc nécessaire
que cette confession fût faite d'une manière particulière à de Bellefond, et accompagnée d'incidens qu'il était seul
capable de faire naître.

Il résolut qu'aucune sensation de douleur n'arrêtât sa langue ou ne lui ar-
rachât une larme en faisant mention des
combats ou des souffrances de la malheureuse Angélique, quoique depuis seize
ans il la pleurât continuellement, comme
si c'eût été le premier jour qu'il l'eût
vue mourir. Il ne voulut pas qu'aucun
palliatif, tiré des vives passions ou de
l'imprudence de la jeunesse, couvrît
aucune partie de ses erreurs, quoique,
de tous les jeunes gens, il eût été le plus
égaré par une passion illusoire. Il dédaigna d'exciter la pitié par un autre
langage que par celui de la simple vérité, quoique chacune de ses idées rela-
tives à Angélique, fût empreinte des couleurs éclatantes de l'imagination, et

rendue particulièrement chère et tendre
par les aiguillons d'une extrême sensibilité. *Tel* était l'ordre impérieux du
sentiment romanesque ! et à sa voix, le
sensible de Bellefond, pouvait dans certaines occasions, prendre le caractère de
l'apathie.

Cependant, le roi et d'Avignon, rete-
nus par la simple et belle Adonia, ne
s'apercevaient pas du laps de tems, et il
était alors trop tard pour aller dîner à
Versailles. De Bellefond se réjouit de
l'occasion qui lui était offerte d'entamer
sur-le-champ l'affaire qui occupait ses
pensées. Il pria sa majesté de lui faire
l'honneur de rester, et lui dit qu'il en-
verrait sur-le-champ un courrier à Versailles pour donner les raisons de sa longue absence. Le roi, avec son affabilité
accoutumée, accepta sans hésiter. « Je
« suis resté si long-tems pour me satis-
« faire, » dit-il, « qu'il n'est que trop
« juste que je reste encore un peu plus
« pour vous obliger ; et je me trouverais
« fort heureux si je pouvais toujours
« rendre justice avec le même plaisir. »
De Bellefond dit alors à Adonia de se

retirer, et aussitôt qu'elle fut partie, il
rappela avec un air de dignité et tranquille, l'attention du roi sur le sujet de
la miniature.

Sans montrer la moindre émotion ;
sans supprimer aucune circonstance ag-
gravante qu'il aurait bien pu taire
sans faire tort à la vérité ; sans se servir
de ces palliatifs dont il aurait pu faire
usage sans blesser la justice, il lui raconta, en présence de d'Avignon, toute
l'histoire de son malheureux mariage,
dénuée de cette éloquence et de ces ornemens de l'imagination qui accompagnaient toujours ses discours ordinaires. Il lui fit le détail des séductions qu'il avait employées pour obtenir
le consentement d'Angélique, des fourberies dont il avait fait usage pour la réconcilier à son crime, de son triomphe
de courte durée, et de sa mort, qui
avait été la suite de ses remords.

Le roi l'écouta d'abord avec une horreur religieuse qu'il ne put cacher ;
mais à mesure qu'il s'avança dans sa
narration, comme la dignité et la candeur de son esprit se montraient dans la

franchise de son aveu et dans la sincérité de son accusation de lui-même, la
force de la bigoterie et du préjugé fit
graduellement place à l'admiration et à
l'estime. Quand, ensuite, de Bellefond,
en expliquant les motifs d'avoir si long-
tems caché à sa majesté la partie la plus
importante de sa vie, peignit la peine
qu'il avait éprouvée de cette réserve vis-
à-vis d'une personne qui l'avait honoré
de son amitié et de sa confiance, et des
combats qu'il avait eus à soutenir pour
supporter une dissimulation qui lui rappelait continuellement son délit par les
éloges et les applaudissemens qui lui
étaient prodiguées ; — quand le roi découvrit, par sa narration simple et sans
ornement, la rigueur de cette cause secrète qui avait banni sa vivacité naturelle, et détruit la douceur primitive de
ses manières ; — quand il fit attention que
la douleur qui l'accablait, plus amère
par le secret, et plus aiguë par les remords, n'avait jamais empêché qu'il
s'acquittât de ses devoirs, ni ternît l'é-
clat de sa carrière publique ; — quand
il le vit déchiré par le conflit de passions

intérieures , dont il connaissait en lui
l'ascendant , et qu'il dédaignât néanmoins de solliciter la compassion par
un mot superflu de lamentation ; — incapable de contenir la force réunie de la
pitié , de l'amitié et de l'admiration , il
lui prit la main avec l'affection la plus
sincère , et , la pressant ardemment contre
son cœur , fondit en larmes. De Bellefond , pénétré et surpris , ne savait
comment interpréter cette émotion inattendue ; mais le bienveillant et affectueux monarque le tira bientôt de cette
incertitude. « Quand l'esprit conserve
« tant de grandeur , » s'écria-t-il les
larmes aux yeux , « qui pourrait observer une justice rigoureuse , ou le
juger sévèrement ! Que les hommes
froids et insensibles méprisent la faiblesse que j'ai découverte ; que les cen-
seurs inflexibles de l'humanité décla-
ment contre une clémence que leurs
caractères moroses ne comprennent pas
devoir être la constante compagne de la
justice , j'aime mieux être votre ami ,
de Bellefond , aux dépens de mille cen-
sures pareilles que de renoncer à mes

droits à votre amitié par un seul reproche. Mais, dans ce cas-ci, le monde
n'aura point la liberté de juger : votre
secret ne sera jamais le sujet d'une discussion publique; si j'ai assez d'influence
pour l'empêcher, et ce que vous venez
de me confier restera enseveli dans mon
sein aussi scrupuleusement qu'il l'a été
dans le vôtre. Il y a long-tems, dites-
vous, que le comte d'Avignon le sait,
je n'ai donc pas besoin de lui recommander le secret ; mais il faut qu'il me
permette de l'informer que le plus sûr
moyen de conserver son crédit auprès
de moi sera de ne point compromettre
de Bellefond. »

Le marquis garda, pendant quelques
minutes, le silence, et resta enseveli
dans la plus profonde rêverie. Quoique
pénétré de la bonté du roi, et reconnaissant d'une clémence aussi peu méritée que recherchée, il ne s'accordait
pas avec les sentimens d'une ame comme
la sienne d'accepter ce pardon sans conditions. Après avoir remercié le roi avec
une noble modestie d'une bonté et
d'une clémence beaucoup plus grandes

qu'il ne méritait : « Mais tout reconnais-
« sant que je suis, » dit-il, « quelque affecté que je sois de l'amitié sans bornes
de votre majesté, et quelque respect
que je puisse avoir pour cette bienveillance qui vous engage à ensevelir mon
crime dans l'oubli, il y a quelques conditions que j'exige d'elle avant que je
puisse consentir à profiter de cette indulgence ; et je vais, si elle veut me le
permettre, déduire les raisons par lesquelles je suis mû. Il y a si long-tems
que je garde mon malheureux secret,
et que j'évite l'œil de la justice, qu'en
m'y livrant actuellement de propos dé-
libéré, ce serait faire un sacrifice aussi
imparfait qu'inconséquent. C'est par
égard pour ma famille que j'ai caché
mon crime, et non pas par rapport à
moi. C'est encore le même motif qui
me dirige aujourd'hui, et quoique,
d'après les lois humaines, je sois punis-
sable pour ce délit, je ne nierai pas que,
d'après les lois de l'équité morale, je le
regarde comme expié depuis long-tems
par ma conduite subséquente. Les conséquences de ce délit, tant qu'il restera

caché, ne pourront faire tort qu'à moi seul; s'il était connu, son impunité ferait tort à la justice publique; et du moment où mon coupable secret sera divulgué, il serait infame de vouloir se soustraire, sous aucun prétexte, à la rigueur de ce tribunal, et plus encore de permettre que mon souverain, en me protégeant, partageât l'odieux de ma faute.

« Un roi n'a pas *droit* de sacrifier la justice publique à l'amitié privée, quelque grande qu'elle puisse être; et quand on permet une fois au sentiment de rompre les digues de ce tribunal, l'impartialité prend un faux biais, et celui qui a une fois, par pitié, pardonné à l'infracteur des lois, se trouve forcé à relâcher tout le systême de la justice criminelle. *Ayez toujours soin*, disait Louis XII à ses juges, *d'obéir aux lois, quelque soient les ordres contraires que l'importunité puisse m'arracher.* C'était une leçon digne d'un roi, et que mon souverain doit toujours suivre. Puisque vous daignez recevoir mon repentir et cacher mon crime, votre silence doit à

l'avenir être aussi inviolable que votre
secret. Mais avant que je puisse accepter
la garantie que vous m'offrez ; il faut
que vous me promettiez solemnellement
de ne jamais interposer dans toutes les
enquêtes qui pourront être faites dans
cette affaire, de ne point non plus empêcher le cours de la justice en découvrant que vous la connaissiez déjà ; et de
ne pas adoucir la sentence que les lois
pourront provoquer contre moi. »

« Noble et désintéressé de Bellefond ! » s'écria le roi avec enthousiasme,
« quel reproche ne mériterais-je pas si
j'étais assez faible pour permettre que
la cruauté des lois, ou le fanatisme re-
ligieux suivissent leur cours ordinaire
contre un être tel que vous ! L'homme
susceptible d'un pareil patriotisme ;
l'homme à qui la nation doit maintenant tout ce qui soutient son indépendance au milieu des luttes politiques,
et de l'embarras des finances ; l'homme
dont le cœur est déchiré par ses propres
chagrins, qui accableraient tout être
aussi sensible que lui ; l'homme, dis-je,
qui, dans ces circonstances, a encore

la fermeté de dévouer tous ses services
au bien public , est un être au-dessus
des lois de la nature , ou même de la
morale , et celles des hommes n'ont pas
droit de le condamner. »

De Bellefond branla la tête , et sourit faiblement. « Combien l'enthousiasme exagère son objet ! » dit-il ;
« Combien l'éclat de l'imagination orne
la surface de l'erreur ! Joint aux raisons
qui avaient été le prélude de sa stipu-
lation , de Bellefond sentait que la popularité du roi était aussi chancelante
que la sienne , et conséquemment que
sa conduite politique exigeait plus de
précaution qu'à l'ordinaire pour faire
taire les clameurs des mécontens , dont
le nombre et l'audace augmentaient tous
les jours , et qui saisissaient avidement
toutes les fautes que le roi pouvait
faire , afin d'avoir un nouveau motif de
demander un redressement de griefs.
Cette considération , lui montrant doublement la justice et la convenance de
sa résolution , le rendit inflexible à
tout ce que put dire son souverain. Il
ne cessa point d'argumenter qu'il ne

l'eût fait convenir de la justesse de ses
raisons ; et une fois qu'il fut maître de
son opinion, il lui arracha la promesse
solemnelle, en présence de d'Avignon,
de ne jamais s'opposer à aucune mesure
légale qu'on pourrait prendre contre lui
par rapport à cette affaire, et de ne
jamais avouer qu'il la connût auparavant.

De Bellefond sentit dans ce moment
de triomphe plus de plaisir de la réflexion qu'aucun délit ou aucune erreur
de sa part ne pourrait alors ternir l'honneur de son maître, que de tous les
éloges que sa majesté lui avait prodi-
gués, et même de la douceur inattendue avec laquelle elle avait entendu sa
pénible confession.

Le traître, le scélérat d'Avignon se
réjouit aussi, mais sa joie provenait
d'une source bien différente ! La clémence du roi l'avait étonné et trompé ;
mais elle ne pouvait plus à présent lui
être d'aucune utilité, et d'Avignon se
réjouissait de cette restriction, quoiqu'une envie infernale de ces nouvelles
marques de la faveur royale empoison-

nât sa criminelle satisfaction, et aug-
mentât la haine qu'il nourissait dans
son cœur contre le bon, le confiant de
Bellefond. La seule partie de la conduite du marquis que le roi ne pouvait
réconcilier avec la noblesse et la grandeur du reste, était le second mariage
intéressé qu'il avait contracté, qui lui
avait toujours paru extraordinaire, et
qui lui devint alors plus incompréhen-
sible que jamais. De Bellefond n'avait
rien de cette fausse modestie qui fait
affecter aux esprits faibles de déprécier
dans eux-mêmes ce qu'ils reconnaî-
traient comme digne d'éloges dans les
autres; mais il lui était particulièrement
difficile d'expliquer ce sujet, tant parce
que cette explication pourrait exposer
son père à la censure, que parce qu'il
était convaincu qu'il avait agi par des
principes romanesques, qu'il ne pouvait
défendre sans faire mention de l'héroïsme de son caractère, héroïsme qui
lui avait fait estimer les réclamations
du devoir au prix de sacrifices que
peu d'autres hommes auraient regardés
comme nécessaires, et dont un plus petit

nombre encore aurait senti la délicatesse.

D'Avignon, qui s'aperçut de son hésitation, saisit avidement cette occasion de témoigner son amitié prétendue.
Ses importunités officieuses, et sa sympathie affectée avaient tiré de de Bellefond, comme nous l'avons déjà dit,
ces motifs secrets que, par rapport à
son père, il aurait desiré tenir cachés.
Il informa alors le roi, dans le langage animé de la louange, de toutes
les circonstances qui pouvaient honorer
le sacrifice qu'avait fait son ami à la
piété filiale, et relever la grandeur de
sa conduite subséquente. Il le peignit
accablé de la douleur la plus aiguë, par
la perte récente de l'objet de ses plus
tendres affections, affections que la jeunesse et l'enthousiasme avaient rendues
à jamais sacrées; et, cependant, faisant
sur lui les efforts les plus pénibles pour
prévenir la ruine d'un père. Il raconta
comment, se défiant de lui-même, il
avait écarté de sa vue le gage cher et
innocent de son amour invincible, de
peur que sa présence n'entretînt de trop

tendres souvenirs qui auraient pu ébranler sa résolution. Il décrivit le surcroît
de douleur dont l'avait accablé la mort
de son père , quand il vit le but de son
sacrifice héroïque ainsi cruellement man-
qué presque au moment où il venait de
le rendre irrévocable. Il s'étendit sur ce
coup aggravant qui l'avait absolument
terrassé , dit qu'il s'était ensuite no-
blement relevé , le cœur toujours malade , et cependant avec le sentiment
le plus délicat de l'honneur, et parla
après cela de la conduite généreuse qu'il
avait toujours tenue envers son épouse,
en la laissant ignorer ses maux , tandis
qu'ils troublaient continuellement sa
paix dans le silence ; la rendant ainsi
la plus heureuse des femmes , tandis
qu'il était le plus misérable des mortels.

Le roi , qui respectait la vertu dans
les autres , et qui s'efforçait d'imiter les
exemples qu'il admirait , quoique la fla-
terie et les artifices dont il était envi-
ronné donnassent souvent une fausse
direction à la douceur de son caractère,
et bornassent ses efforts , entendit ces

nouveaux traits de grandeur d'ame avec plus d'admiration et de surprise. Il regarda de Bellefond comme un être d'une nature supérieure, qu'il était de son devoir de respecter, et dont il devait se glorifier d'être l'ami. Les erreurs même de son caractère, sa hauteur et son irascibilité, qui étaient les conséquences du bonheur perdu, et de la sensibilité blessée, lui parurent, maintenant qu'il connaissait sa conduite, de nouveaux titres à son affection et à sa tendresse : car, en découvrant la délicatesse et la sensibilité extraordinaires de son ame, elles augmentaient la grandeur de ses sacrifices privés, et rendaient encore plus héroïque sa droiture inflexible, et constante à s'acquitter de ses fonctions publiques. Il eut été heureux pour Louis que la fermeté de sa conduite eût toujours été proportionnée à la bonté de son cœur, et à l'intégrité de ses vues !

CHAPITRE

CHAPITRE XI.

Désapprouvant hautement la frivolité que doit nécessairement encourager la méthode ordinaire d'élever les parisiennes, et dégoûté de la coquetterie et de l'importance de la plupart des jeunes demoiselles élevées dans les cercles du bon ton, le marquis de Bellefond avait jusqu'ici préservé sa fille de la contagion de l'exemple, en la tenant à l'écart. Elle avait des maîtres particuliers pour lui enseigner tous les talens possibles ; mais elle n'avait d'autre idée des manières à la mode, sinon que c'étaient des ornemens qui lui seraient un jour nécessaires dans les sociétés où elle serait bientôt introduite, et qu'il fallait conséquemment qu'elle tâchât d'acquérir. Son père et la marquise d'Estreaux avaient dirigé le développement de son esprit, et avaient jusqu'ici été ses seuls compagnons. Car de Bellefond, s'imaginant apercevoir dans le développement de son caractère ces semences de vanité et de coquetterie

qui sont d'autant plus dangereuses chez
une jeune fille, qu'elle est exposée à la
compagnie ou à la conversation des
femmes qui ont de pareilles dispositions,
avant que son jugement soit assez formé
pour en découvrir la futilité et l'inconvenance, ne lui avait presque jamais
permis de voir les personnes qui visi-
taient la marquise d'Estreaux, et ne
voulait pas non plus qu'elle reçût elle-
même de visites. Sachant aussi que l'inconstance et l'indécision sont des défauts
aussi communs chez les femmes qu'ils
sont nuisibles à la dignité de leur caractère, il l'avait de bonne heure accoutumée à penser et à décider pour
elle-même, et dans les choses triviales,
il souffrait quelquefois qu'elle persistât
dans une résolution erronée, plutôt
que de l'encourager à balancer, en lui
en faisant chercher une meilleure, ce
qui aurait pu, dans des choses plus im-
portantes, exciter son irrésolution. «C'est
en consultant la position d'une mouche,
ou en rendant le choix d'un ruban un
sujet de doute et de discussion que les
femmes acquièrent leur irrésolution, »

disait-il , « et l'inconstance en est le fruit naturel. L'indécision est beaucoup plus fréquente que l'opiniâtreté , et , de deux maux opposés dans l'éducation , il faut choisir celui dont les consé-quences sont les moins funestes. L'opi-niâtreté prend rarement beaucoup d'as-cendant sur un caractère qui a de bonnes dispositions ; l'indécision pervertit sou-vent les meilleurs , et affaiblit toujours leur influence. »

Il avait rendu la contrainte et le dé-guisement tout à fait étrangers à Ado-nia , par la franchise et la confiance avec lesquelles il la traitait , et l'assurance qu'il paraissait avoir qu'elle lui rendait la pareille. Il n'arrêtait jamais les saillies de sa vivacité naturelle , ni l'étalage qu'elle faisait quelquefois de ses talens acquis , de peur de réprimer , par un découragement précoce , l'activité qui accompagne un esprit indépendant , ou qui réfroidit l'ardeur de l'émulation de la jeunesse. Cette dernière doctrine était cependant celle de la marquise d'Es-treaux. Cette dame condamnait l'escla-vage dans lequel on tenait l'esprit de

son sexe, et pensait qu'il ne pouvait y
avoir ni véritable dignité, ni vertu là
où il n'y avait pas une liberté absolue
de sentiment, et le pouvoir d'en faire
usage à volonté. De Bellefond croyait
cette liberté inconsistante avec la délicatesse et la timidité qu'il admirait dans
une femme ; mais Adonia avait une délicatesse naturelle qui n'était point en
danger d'être effacée, et il se rappelait
que c'était une trop grande douceur
qui avait été fatale à sa chère Angélique.

Conformément à ses propres desirs
et à la dernière volonté de sa mère,
il la fit instruire de bonne heure des
principes de la religion protestante,
bien assuré qu'en s'attachant fermement aux préceptes de cette doctrine, et
en mettant sa confiance en ses promesses, elle y trouverait le guide le plus sûr
dans la prospérité, et la consolation la
plus solide dans l'adversité. Ses soins,
ses assiduités, pour diriger son caractère vers la perfection, avaient jusqu'ici
été récompensés de signes de succès qui
charmaient le sein de la sollicitude pa-
ternelle.

Elle observait scrupuleusement les devoirs de sa religion ; elle était ferme
dans sa foi, mais point bigote. Son jugement était solide, et son esprit bril-
lant, quoique la gaîté sans contrainte
de son caractère diminuât les signes extérieurs du premier, et son entière
ignorance du monde et de ses manières
lui donnât alors cet air de simplicité
enfantine que l'on retient rarement
quand l'esprit commence à connaître sa
supériorité. Toutes les précautions de
Bellefond n'avaient pu la défendre d'une
grande portion de cette sensibilité romanesque qu'elle devait hériter de droit ;
mais en sa présence elle était tem-
pérée par un sentiment de piété filiale,
et ne servait qu'à donner un nouveau
charme à l'énergie naturelle de son
esprit et à l'extrême bienveillance de
son cœur. Sa vivacité n'avait pas la
plus petite teinte de légèreté ; c'é-
tait l'effervescence ingénue d'un cœur
à son aise, en paix avec toute la terre,
animé par l'espérance, et qui n'a-
vait éprouvé aucun manque de succès ; et ses manières, quoique dénuées

de toute espèce d'art , et dirigées par le
hasard, offraient l'image de la simple nature, un peu sauvage à la vérité, mais
extrêmement aimable et engageante. —
« J'en ai connues de plus célèbres , de
« plus savantes, mais point de si inno-
« cente. » *

Depuis ce tems-là , de Bellefond résolut de l'introduire dans de plus grandes
sociétés. Une plus longue ignorance
des usages du monde pourrait la rendre
incapable de jamais recevoir ce poli extérieur qui , quoique superflu pour un
caractère comme le sien dans un rang
inférieur , était dans le rang élevé où la
fortune l'avait placée non-seulement
convenable , mais même nécessaire.
Quoique sa tendresse et sa partialité
pour elle ne l'induisissent pas à croire
que son esprit fût assez formé , ou ses
principes assez fermes pour la mettre
à l'abri des séductions de l'exemple , il
jugea qu'il était absolument nécessaire
de l'introduire graduellement dans le
grand monde, pour prévenir l'embarras

* Adisson.

où elle se trouverait en y paraissant dans un âge plus avancé.

Les seules femmes avec lesquelles elle était alors assez liée pour former un jugement du caractère étaient la marquise d'Estreaux, sa vieille gouvernante madame Brumelle, et une jeune Anglaise, fille du chevalier Belmour, à qui son père l'avait depuis peu introduite, et qui avait été quelque tems à la cour de France comme dame d'honneur de la reine. Mademoiselle Belmour était plus âgée de plusieurs années qu'Adonia, et c'est ce qui avait engagé le marquis à la choisir pour en faire une amie de sa fille; ses manières étaient telles qu'il les approuvait dans une jeune personne de distinction. Elle joignait la délicatesse anglaise à la vivacité française; et quoique affable et honnête, elle n'était jamais familière : ces qualités provenaient de son caractère naturel, et de l'éducation. Le premier, quoique gai et vif, répugnait à tout ce qui avait l'air de légèreté ou de licence, et n'était conséquemment pas souvent satisfait d'une cour où elles

étaient si dominantes. Elle avait reçu
des notions rigides, et peut-être singulières, sur le danger de former des liaisons avec les personnes de son sexe, qui,
sans l'éloigner de celles que ses idées ne
lui permettaient de traiter en amies,
la garantissaient de toute espèce d'intimité sans choix, et lui apprenaient à
examiner minutieusement celles avec
qui elle s'associait, avant de se hasarder
à les admettre dans sa confidence. Ses
père et mère, qui ne l'avaient laissée
qu'à regret dans un état où la prédilection et les prières de la reine les
avaient engagés à la placer, étaient re-
tournés en Angleterre peu de tems avant
qu'elle fît connaissance avec Adonia,
et l'avaient particulièrement recom-
mandée aux soins du marquis et de la
marquise d'Estreaux.

Ce fut là que de Bellefond connut
les qualités de l'esprit de mademoiselle
Belmour, comme il connaissait déjà
l'élégance et la convenance de son maintien. Pénétrant aisément les motifs de
sa réserve avec les personnes de son
propre sexe, ce qui était parfaitement

d'accord avec les sentimens qu'il avait
lui-même adoptés, il crut que ces scrupules ne pouvaient point être dirigés
contre l'innocente Adonia, et que le
plaisir et l'avantage que cette dernière
trouverait dans une pareille compagne,
seraient en partie réciproques. Sensible
à la valeur de l'amitié de de Bellefond,
très-flattée de la confiance qu'il lui té-
moignait en croyant que sa fille pourrait se former dans sa société, mademoiselle Belmour sentit autant d'inclination à commencer cette liaison qu'Adonia éprouva de plaisir de l'idée d'avoir,
de tems en tems, une compagne qui approchait beaucoup plus de son âge que
la marquise d'Estreaux. Quoique cette
dernière la traitât avec une tendresse
vraiment maternelle, elle ne pouvait
cependant pas lui ouvrir son cœur.

La marquise était une femme dont
les qualités intellectuelles étaient du
premier ordre, et elle était au dernier
degré douée de ces graces extérieures qui
donnent du lustre à une cour ; mais l'orgueil de la naissance et la conviction intime de ses facultés spirituelles, lui

donnaient un air de hauteur peu con-
ciliant, et ses manières avaient un mélange d'ostentation et d'affabilité forcé ,
auquel peu de gens pouvait se soumettre , et qui ne plaisaient à personne.
Ce maintien dédaigneux et hautain ne
paraissait cependant jamais qu'à la cour,
quand elle se trouvait vis-à-vis des personnes d'une naissance égale à la sienne,
en dont les talens naturels, ou de l'éducation l'exposaient à une concurrence
qu'elle ne voulait pas admettre.

Ne voyant rien dans la vie élevée que
l'ambition de l'importance, et les droits
de la supériorité , elle éloignait les
grands, et intimidait les petits. Elle était
à la fois crainte, admirée et haïe. Mais elle
avait un caractère tout différent envers
ceux qui n'avaient point de prétentions à
la prééminence, ou qui étaient opprimés
par le malheur. L'orgueil faisait alors
place à la vraie dignité, son air de protection se changeait en politesse amicale, et le desir de briller était éclipsé
par celui d'être utile. Il n'y avait point
deux êtres dans la nature dont les prin-
cipaux traits de leurs caractères fussent

plus opposés que ceux de la marquise d'Estreaux et de son cousin de Bellefond. La première portait dans son sein un orgueil héréditaire qu'elle entretenait avec soin, et qu'elle regardait comme une arme nécessaire pour défendre ses droits. Le dernier n'avait point d'orgueil de naissance, ni même de rang, quoique personne n'eût un maintien plus dédaigneux que celui que les circonstances avaient formé à l'infortuné de Bellefond.

La marquise méprisait toute expression de sensibilité, et sa tendresse était réglée par systême. Comme Sénèque, elle voulait bien sécher les pleurs de son ami, mais elle ne voulait pas pleurer avec lui. Quoique de Bellefond ne pût l'imiter, il admirait une magnanimité qui, quoique différente dans ses effets, était par sa nature conforme à la sienne ; et *elle*, en déplorant le biais erroné de la sienne, reconnaissait tout son mérite, et respectait ce haut sentiment d'honneur, qui, au milieu de toutes les erreurs de la sensibilité, était encore la boussole qui dirigeait son ame. De toutes les branches collatérales, autrefois très-nombreuses, de la maison de Bellefond, la famille de la marquise était la seule qui restât alors dans le royaume. La mort avait fait de grands dégâts chez quelques-unes d'elles; d'autres avaient formé des liaisons étrangères, et émigré; et cette diminution contribua à resserrer les liens de l'amitié parmi ceux qui restèrent.

Très-attachée à tous ses parens, quoiqu'elle niât que les liens du sang eussent aucun droit sur les affections, elle regardait les enfans de de Bellefond avec autant d'orgueil que de tendresse; et depuis la mort de la marquise, elle s'était efforcée de remplir envers eux les devoirs de mère, autant que ses affaires particulières le lui avaient permis. Son mari était un homme d'un caractère remuant et tyrannique; et, retenue par ses caprices, elle ne pouvait pas toujours si amplement satisfaire les desirs de son cœur, envers ses jeunes parens, qu'elle l'aurait desiré; mais on leur avait enseigné à avoir pour elle les sentimens de l'amour filial; et c'était la personne, qu'après son père, Adonia estimait et respectait le plus. Mais la candeur et la franchise de la jeunesse ne sont pas aisément satisfaites de la réserve et de la contrainte; et, quoique Adonia respectât beaucoup la marquise, et fût reconnaissante de ses instructions, il y manquait cette soumission naturelle du devoir filial, pour rendre ses instructions aussi agréables que celles de son père; et ce à quoi elle se serait volontiers soumise, venant de sa part, lui semblait quelquefois dur et impérieux de la part de la marquise.

Elle était étonnée de son orgueil, et effrayée de son austérité; mais, ne connaissant aucune autre femme, excepté sa gouvernante, (qui était conservée auprès d'elle plûtôt en considération de ce qu'elle avait été la fidelle gardienne de son enfance qu'en raison de l'éducation qu'elle pouvait lui donner) elle n'avait aucune idée d'un autre modèle supérieur de la conduite d'une femme qui pût l'autoriser à blâmer madame d'Estreaux. Assurée de posséder sa tendresse, et que son seul bien-être était

l'objet de ses avis, elle se faisait toujours
quelques reproches quand elle avait
été tentée d'en murmurer, et croyait
qu'il était de son devoir d'avoir un
juste sentiment de son amitié. Mais
quand elle eut connu mademoiselle Belmour, elle trouva un nouveau système
de conduite plus analogue à ses sentimens, un nouvel objet d'affection, auquel elle pouvait aussi hasarder de se
confier ; et avec les émotions ardentes
de la sympathie de la jeunesse, elle
eut un aussi grand desir, à la première vue, de cultiver l'amitié de cette
aimable étrangère, que mademoiselle
Belmour, après une longue connaissance, aurait eu de répugnance à l'accorder à une personne moins innocente
et moins ingénue qu'Adonia.

Le lendemain de son entrevue avec
le roi et le comte d'Avignon, ayant
d'abord obtenir la permission de son
père, elle vola rendre une visite à sa
nouvelle amie, à qui elle brûlait de
découvrir le monde de sensations et
d'idées que leur conversation avait créé.
Elle la trouva très-occupée de quelque

ouvrage , qu'elle mit de côté à son arrivée ; mais elle le reprit quand elle fut
informée qu'elle venait passer la matinée avec elle.

Adonia ne put pas alors s'asseoir avant
d'avoir couru vers la glace pour rajuster
le désordre de ses cheveux qui , pour
la première fois de sa vie qu'elle y eût
pensé , devaient être , selon elle , bien dé-
rangés par sa marche , quoiqu'elle n'eût
fait que traverser deux cours qui com-
muniquaient à l'hôtel d'Estreaux , où
mademoiselle Belmour passait alors
quelques jours avec la marquise. « O ma
chère demoiselle Belmour ! que je
brûlais de vous voir ! » s'écria-t-elle ;
« j'ai tant de choses à vous dire , que
depuis hier le tems m'a paru un siècle.
Je souhaite que vous soyez d'humeur
à m'écouter aujourd'hui , autrement je
vais vous fatiguer à mourir. Quant à
moi , je parlerais continuellement de
ces deux hommes charmans que j'ai vus.
Je suis étonnée que vous ne m'ayez jamais dit combien le roi était aimable !
— Et le comte d'Avignon , sûrement
vous devez le connaître , et il est impos-

sible que vous ne l'admiriez pas. — Eh
bien ! c'est étrange ; j'ai vu le comte
plus de vingt fois auparavant , et cependant je n'ai remarqué qu'hier qu'il
était si bel homme. »

Elle fit alors une description minu-
tieuse du roi et de d'Avignon , d'après
ses propres idées ; et, comme elle en
avait prévenu mademoiselle Belmour ,
elle parut incapable de penser à autre
chose , ou de parler sur un autre sujet.

Mademoiselle Belmour lui demanda
si elle n'avait pas apporté quelque ouvrage avec elle : « Car » dit-elle, « ma
chère, je croyais que vous vous étiez
fait une règle de n'être jamais oisive. »
« Quand l'esprit est occupé , » répliqua-
t-elle avec un sourire malin , « je pensais qu'il n'y avait point d'oisiveté ; et
sûrement les opérations vulgaires de
l'aiguille et du fil ne sauraient être mises
en parallèle avec les jouissances sublimes
de l'esprit ; mais pour vous dire la vérité , en sortant de la maison, il ne
m'est pas venu dans la tête qu'il eût jamais existé quelque chose tel que de
l'ouvrage. Cependant , à présent que ma

mémoire vient de recevoir un avertis-
-sement, je vais au moins *essayer* s'il ne
me serait pas possible de travailler, sans
broder le profil du comte d'Avignon,
ou sans marquer son nom sur le coin de
mon mouchoir. » Et elle partit comme
un éclair, et revint un moment après
avec son sac à ouvrage. Elle renoua
alors la conversation sur d'Avignon,
qu'elle dit être l'homme du monde le
plus charmant et le plus parfait.— « Il
a tant d'esprit, » s'écria-t-elle, « et une
manière si naturelle de dire les choses
les plus élégantes, qu'on croirait qu'il
faut y réfléchir pendant une demi-heure
pour faire de si belles phrases. Mais tout
ce qu'il dit semble avoir été fait pour
lui ; et il n'a pas du tout de vanité ;
au contraire, il a un air si modeste,
si respectueux, qu'au lieu de s'attendre
à être *admiré*, il paraît reconnaissant
qu'on veuille bien *l'écouter*. Si vous
aviez vu comme il était triste quand je
me levai pour m'en aller, vous auriez
cru que c'était *moi* qui avais *causé* du
plaisir, au lieu d'en recevoir. Il est vrai
que le roi et lui m'ont dit des choses si

extravagantes sur ma beauté, que j'ai
presque été tentée de douter de leur sincérité, car personne ne m'a jamais dit
auparavant que j'étais belle ; mais vous
savez si cela est vrai ou non : peut-être
le crurent-ils. D'ailleurs, j'ai entendu
dire à la marquise que c'était l'usage
des gens du bon ton de dire de jolies
choses à toutes les femmes, belles ou
laides ; et que la beauté était si com-
mune, que personne ne s'en souciait,
quoiqu'on en pût dire. J'avoue néanmoins que je pense différemment : je ne
connais rien de plus agréable qu'un
beau visage. J'aurais pu admirer le
comte toute la journée, et je suis sûre
qu'il ne parut jamais fatigué de me
regarder. »

« Mais, ma chère fille, » dit mademoiselle Belmour, « vous avez encore
à apprendre qu'il y a dans les regards
comme dans les paroles un art que les
hommes étudient avec la même attention, en faisant la cour à notre sexe :
tous les hommes tâchent de nous faire
croire qu'ils sont épris de nous, pour
nous rendre favorables à leurs desirs ;

et ils s'adressent à nous avec autant de
soin par les mouvemens du visage que
par le moyen de la parole, et souvent
avec plus de succès; car les *regards*
d'approbation, étant plus équivoques
que la conversation, et en apparence
plus involontaires, laissent un plus vaste
champ aux interprétations de la vanité. »

« Sûrement, ma chère demoiselle
Belmour, « s'écria Adonia en rougissant
et en s'empressant de l'interrompre,
« sûrement vous ne me croyez pas *si
vaine ?* » « Je n'ai pas parlé de *votre*
vanité, » dit mademoiselle Belmour :
« *je pense que toutes les femmes sont
vaines*, quoiqu'il soit aussi sot de se
croire honoré parce qu'on fait l'éloge
de notre beauté, que de s'estimer d'après
les beaux habits que l'on porte. Les
femmes les plus belles et les plus flattées
sont souvent les moins respectées et les
moins dignes de louanges, et quoique
ma chère Adonia, quand elle sera introduite dans les cercles à la mode,
reçoive pendant un tems les hommages de
tous les yeux, et les flatteries de toutes les
bouches, elle ne tardera pas à voir cette

attention dirigée vers de nouveaux objets, et que ceux qui ne l'auront admirée que pour sa beauté trouveront
autant de charmes dans mille autres,
dont aucune n'a peut-être pas la moitié
de ses droits à l'attention par ses facultés
intellectuelles. Car ce n'est que la nouveauté ou la mode qui, dans les cercles
du bon ton, orne la beauté de ses prin-
cipaux attraits. Vous dirai-je les progrès
de l'admiration à la mode, et le sort de
la beauté qui n'est point en garde contre
la flatterie? Quand une jeune demoiselle de distinction, qui a d'ailleurs la
réputation d'être belle, commence à
paraître dans le monde, sa nouveauté
attire l'attention universelle; et l'influence de son rang lui procure une
déférence presque égale. Ceux qui auraient passé devant elle sans y prendre
garde trouvent ses charmes peu communs, parce qu'elle est elle-même un
objet tout nouveau; et ceux qui l'ad-
mirent véritablement trouvent que ses
charmes reçoivent un nouveau lustre
de l'éclat de la mode, et de la naissance. Tout le monde crie, avec des

ravissemens affectés, qu'elle est charmante, qu'elle surpasse toutes celles
qui l'ont précédée : elle devient la divinité du jour, et ce serait en vain que
l'opinion particulière voudrait contrarier le dire général. La mode l'a empreinte du cachet de la beauté, et il
faut que la nouvelle idole soit adorée,
en dépit de toute opinion particulière.
Elle est aussitôt entourée de foules de
prétendus adorateurs, qui, en excitant
sa vanité, pensent principalement à
satisfaire *la leur*, en montrant leurs
prétentions à l'attention de la favorite
du jour, et leur dévouement au règne
tout puissant de la mode, devouement
qui donne de l'éclat aux plus indignes de
ses sectateurs.

« Les papillons et les coquillages
que l'on rassemblait font place à cette
nouvelle enchanteresse, et tout le joli
babil et les absurdités qui semblaient
délicieux auparavant sont déclarés tristes
et insipides, à moins qu'*elle* ne daigne
prolonger leurs charmes par le signal
de son approbation. Le bel-esprit, le
fat, et l'homme galant font usage de

leurs différens talens pour chasser le bon.
sens de l'esprit de la pauvre beauté ima-
ginaire; ils lui persuadent que sa beauté
est une fatale possession, et qu'ils vont
tous mourir, si elle ne daigne pas leur
sourire. Si elle est naturellement bien-
veillante, comme le sont la plupart des
jeunes filles, leurs prétendues souffrances
commencent par l'inquiéter et l'agiter,
elle jette sans y penser les fondemens
de la coquetterie par son desir de ne
point faire de mal, tandis que sa sotte
crédulité l'expose à mille erreurs que
ses humbles esclaves ne se font point
un scrupule de ridiculiser. Mais cette
espèce de tendresse et de simplicité ne
tarde pas à disparaître, parce qu'elle
ne peut pas ignorer long-tems le peu
de sincérité de ses admirateurs, ni
qu'elle a plusieurs rivales pour concur-
rentes. Cette découverte ne fait cependant qu'exciter son indignation contre
ces dernières, et augmenter son desir
de retenir les premiers. Elle devient
jalouse de la plus légère attention pour
une autre, et s'efforce d'attirer cette
attention qui peut-être lui était indiff-

rente auparavant; elle devient habile en
coquetterie et abuse de son pouvoir : les
flatteries, qu'elle n'aurait peut-être autrefois entendues qu'avec dégoût, sont
alors recherchées et reçues avec avi-
dité ; et les hécatombes de soupirs et
de sonnets, qui brûlaient autrefois dé-
daignés sur ses autels, sont alors principalement accueillis en raison de leur
nombre ; et aussi ardemment demandés
qu'ils étaient auparavant négligés. Elle
acquiert un goût extravagant pour la
dissipation, à cause des flatteries que
l'on rencontre sans cesse dans son tourbil-
lon, et devient inquiète et mécontente
quand elle est seule ou en compagnie
avec les gens graves ou âgés, parce
que l'admiration est alors nécessaire à
son bonheur.

Peu propre aux jouissances domestiques ou raisonnables, (si elle est assez
long-tems demoiselle pour obtenir ce
degré de perversité) elle est incertaine
sur son choix, et, comme elle n'aime
qu'elle-même, elle ne sait à qui donner
la préférence. Elle continue dans le céli-
bat, ou fait un sacrifice à l'ambition,

et au moment où elle est arrivée au
zénith de ses illusions, quelque nouvelle beauté devient à la mode, et là
divinité d'un instant ne se trouve plus
être qu'une *femme*, elle est dépouillée
de tous ces attributs qui donnaient le
bonheur ; et les foules d'adorateurs,
qui *ne pouvaient existe que par ses
sourires*, l'abandonnent pour aller rendre
leurs hommages à une autre déesse avec
autant d'aisance qu'ils iraient voir une
nouvelle pièce. Alors le spleen, l'envie
et la malveillance s'élèvent dans son
sein : elle est par fois haute et dédaigneuse ; tantôt jalouse et médisante ;
et, appelant à son aide toutes les ruses
de la coquetterie et les contorsions de
l'affection, elle s'efforce de rétablir son
influence par artifice et par force. Mais
c'est en vain : la voix de la mode avait
fait son éminence, et le même pouvoir
inconstant a irrévocablement prononcé
sa chûte : et une beauté négligée, qui
a perdu tout autre goût que celui de
l'admiration qu'elle ne peut plus commander, est de tous les êtres le plus
pitoyable et le plus méprisable. Ceci,
ma

ma chère Adonia, n'est pas une cari-
cature; c'est un tableau fidèle des conséquences que l'admiration à la mode
fait éprouver à la vanité sans bornes;
et j'ai vu tant d'exemples de cette nature pendant mon court séjour dans les
cercles du bon ton, que je frémirais
de penser qu'aucune de mes amies fût
exposée à une telle épreuve, sans être
avertie du danger de la vanité, et de
l'inconstance et du peu de mérite des
applaudissemens à la mode. »

Pendant ce discours, Adonia était
entrée dans la façon de penser de mademoiselle Belmour, et avait parfaitement compris comment il fallait l'appli-
quer. A mesure qu'elle décrivait les
hommages rendus à la beauté, son visage étincelait de l'admiration qu'elle
anticipait; et quand elle parla de la
dissimulation des hommes, et des progrès rapides de la vanité, elle rougit
encore de vexation et d'alarme; mais
l'affectation, l'envie et la malveillance
ne pouvaient jamais, suivant elle, être
arborées dans son sein, et son cœur se
glorifiait de sa propre sûreté. « Je vous

remercie mille fois, ma chère demoiselle Belmour, » dit-elle ; « je sens très-
bien la bonne intention qui vous a engagée à me donner cet avertissement
amical, et je serais bien ingrate si je
ne reconnaissais pas vos bontés de toute
mon ame ; mais de grace... ne croyez
pas que je sois vaine pour ce que je
vais dire. Quelque légère et inconséquente que je paraisse, je ne puis me
croire dans aucun danger de devenir
assez méchante pour être envieuse ou
vindicative, car je suis sûre qu'il n'y
a personne autour de moi, pas même
la dernière domestique de la maison,
à qui je ne souhaite du bien ; et vraiment je n'ai encore vu personne que je
n'aimasse pas. »

« Je ne puis avoir le moindre doute
de la bienveillance de votre cœur, ma
chère fille, » répliqua mademoiselle
Belmour. « A votre âge, les passions
que je viens de décrire sont inconnues
et à peine crues ; mais à mesure que
vous avancerez dans la vie et dans la
connaissance du monde, vous les trouverez plus dominantes et plus conta-

gieuses que vous ne pouvez vous l'imaginer à présent, surtout dans la partie
là plus faible de notre sexe. De tous les
défauts, celui qui est le plus propre à
produire ces passions et le plus nuisible
à la bienveillance, c'est la vanité.

C'est d'abord une faiblesse innocente,
mais elle n'existe pas long-tems dans
notre sein sans nous faire éprouver un
desir secret de rabaisser le mérite des
autres. Je crois que généralement toutes
les femmes ont une portion de vanité;
mais étant de bonne heure informés de
ses dangers, et en s'efforçant vigoureusement de prévenir ses progrès,
nous pouvons au moins empêcher qu'elle
ne prenne l'empire sur nos meilleures
inclinations, et qu'elle ne devienne
l'objet de la censure publique. Nous
sommes toutes fort clairvoyantes pour
découvrir dans les autres les défauts qui sont les plus dominans chez
nous; et quoique la vanité soit trop
universelle pour causer de la surprise
quand on la trouve dans une femme,
on la cherche cependant d'un œil scru-
puleux, et lorsqu'on l'a découverte,

celle qui en est entachée est traitée sans
pitié, particulièrement si elle est remarquable par sa jeunesse et sa beauté.

« La déférence que nous avons pour
quelqu'un est en raison de notre ignorance de ses faiblesses ; et du moment
où nous avons reconnu un défaut, que
nous avons nous-mêmes, dans une personne à laquelle nous avions implicitement avoué notre infériorité, nous
sommes enclins à lui en supposer d'autres, et nous ne sommes que trop portés
à croire ce qui peut mettre nos supé-
rieurs au même niveau que nous. La vanité présomptueuse et arrogante est
le plus grand de tous les niveleurs ,
comme c'est le faible le plus commun
à tous les mortels, et le plus universellement soupçonné ; et si nous voulons
conserver le respect auquel nos vertus
nous donnent droit , si nous voulons
éviter la mortification d'être ridicu-
lisées et censurées par la partie la moins
aimable de notre sexe, et d'être les du-
pes et les jouets de la partie la plus
faible de l'autre , nous devons non-
seulement nous efforcer de la bannir,
mais même de la cacher, »

« Mais n'est-ce pas de l'hypocrisie d'affecter de l'humilité quand on n'en a pas? » dit Adonia. « Je suis sûre que si j'avais essayé de paraître sérieuse, tandis que j'étais presque transportée de joie de toutes les belles choses que l'on m'a dites, j'aurais été en danger de me mordre les lèvres. » « Vous avouez-vous donc si vaine et si incorrigible ? » dit mademoiselle Belmour.
« Oh ! vous savez que *tout le monde est vain*, » s'écria Adonia en souriant ; « conséquemment il faut bien que j'aie ma part de cette maladie universelle. Mais pour vous dire la vérité, » ajouta-t-elle moitié en badinant, (quoiqu'il y eût peut-être plus de vérité dans ce qu'elle disait qu'elle ne se l'imaginait elle-même) « je ne m'aurais jamais soupçonné la moitié tant de vanité que depuis que vous l'avez mise sur le tapis pour la décrier. Eh bien ! je suis une drôle de fille et bien perverse ! car il vient de me venir dans l'idée qu'il fallait que je fusse certainement beaucoup plus belle que mon humilité m'avait jusqu'ici permis de me croire. C'est

réellement vous qui me l'avez mis dans
la tête, et je ne puis m'empêcher d'a-
voir le desir d'essayer si je serais autant
admirée que la dame que vous venez de
décrire. Je suis néanmoins certaine qu'à
quelques égards je ne lui ressemblerais
jamais. »

« Eh bien ! ma chère Adonia, » dit gravement mademoiselle Belmour, « soyez
toujours aussi franche à avouer vos erreurs à vos amis, et ils pourront, avec le
tems vous faire sentir l'extrême folie et le
danger d'entretenir la vaine persuasion
de vos avantages personnels. Mais permettez-moi de vous avertir encore une
fois, quoique vous me disiez à moi,
de prendre garde de ne point fournir
à vos autres connaissances une occasion de faire des commentaires sur vos
faiblesses. »

Ici l'entrée de la marquise d'Estreaux prévint la réplique d'Adonia,
et ce soulagement lui vint fort à propos, car la dernière réprimande de son
amie l'avait fort affectée ; et elle était
bien aise d'avoir une occasion de cacher sa confusion en saluant la mar-

quise. « J'ai une agréable nouvelle à vous apprendre, ma chère Adonia, » dit cette dame : « je viens de recevoir une lettre de votre père, qui me prie de vous mener ce soir avec moi au nouvel Opéra-Comique ; et comme j'ai fort heureusement deux places vacantes dans ma loge, si mademoiselle Belmour peut se dispenser de retourner ce soir à Versailles, je serai aussi bien aise de sa compagnie. » Mademoiselle Belmour dit qu'elle avait reçu un message particulier de la reine, et qu'elle ne pouvait point être de la partie. Mais Adonia, quoique peu de tems auparavant elle eût reçu cette invitation avec un plaisir plus pur, témoigna néanmoins sa satisfaction avec beaucoup de vivacité. La tristesse momentanée, occasionnée par la dernière réplique de mademoiselle Belmour, fut bientôt entièrement dissipée ; et après quelques questions rapides au sujet de la toilette, elle se hâta de retourner à la maison, pour arranger ces préliminaires nécessaires, non pas cependant avant d'avoir empreint la joue de mademoiselle Belmour d'un baiser des plus tendres et des plus affectueux.

Au logis, de nouveaux délices l'attendaient : sur sa toilette était une garniture complette de superbes perles, avec un billet de son père, qui lui conseillait de les porter au lieu du présent que le roi lui avait fait, qui était, à ce qu'il disait, d'un trop grand prix pour faire partie de sa parure, tandis qu'elle était si jeune. Adonia aimait beaucoup mieux les perles que les diamans ; et, quoiqu'elle ressentît quelque chagrin d'être privée du plaisir de porter le portrait de sa mère, son devoir envers son père la réconcilia bientôt avec cette recommandation, et elle se trouva pleinement récompensée par la quantité et la beauté supérieure de perles. Comme elle était très-occupée à les essayer, sa femme de chambre entra avec une boîte de carton, d'où elle tira un des plus jolis bonnets de Paris, et dit qu'il irait admirablement bien à mademoiselle d'Anville. En le mettant, Adonia ne put s'empêcher de faire la comparaison de sa beauté avec celle de mademoiselle

Belmour , et d'anticiper une égale admiration.

Contre son ordinaire , quand il n'était
pas seul, son père envoya demander sa
compagnie à dîner , où il l'informa
qu'elle trouverait le comte d'Avignon ,
et peut-être un autre monsieur. Elle
changea aussitôt son dessein de ne s'habiller qu'après dîner , quand elle sut
que le comte devait y être ; et peut-être
que le souvenir de ses éloges donna du
goût aux opérations de sa toilette. Quelque fussent ses motifs, le résultat en fut
tel, qu'il aurait pleinement satisfait une
personne mieux versée dans l'art de la
parure ; et quand elle rencontra son père
en descendant dans le salon, il put à peine
s'empêcher d'exprimer son admiration.

Il se contenta néanmoins de dire qu'il
était content de voir qu'elle approuvait
son présent , par le goût avec lequel
elle avait placé ces ornemens , et que,
comme ils lui allaient si bien , elle n'aurait pas sujet de regretter le portrait
qu'il lui avait défendu de porter.

Adonia le remercia avec graces , et
demanda alors , avec inquiétude, si le

comte n'était pas venu... « Non, ma
chère, » répliqua-t-il, « et je ne l'at-
tends même pas encore; il y a encore
une heure d'ici au tems de dîner, et
d'Avignon est trop occupé pour venir
avant l'heure. » « Encore une heure,
papa ! » s'écria Adonia. « Bon dieu !
c'est donc bien à tort que je me suis
tant pressée ! » « Eh ! vraiment, Adonia, votre diligence ferait rougir la plupart de nos belles dames modernes.
Mais serez-vous toujours de même ? ac-
corderez-vous toujours aussi peu de tems
à la parure ? » « Sûrement, papa, »
dit-elle. « Vous me plaisantez ? je ne
crois pas que j'aie jamais passé tant de
tems à m'habiller auparavant. » « Oh !
vous avez donc commencé de bonne
heure, afin d'avoir du tems devant vous,
et je suppose que vous avez dessein de
vous exercer pendant quelque tems dans
vos nouveaux ornemens, afin d'être en
état de mieux jouer votre rôle. »

« Vraiment, dit-elle, en prenant un air
de gravité, « je me suis déjà exercée
pendant deux heures entières ce matin,

et je sais si bien ma leçon , que mon maître de musique en sera charmé. »

« Et entre autres leçons, vous avez appris à *équivoquer* avec votre père ! Ah ! Adonia ! cette évasion ne me satisfait pas. Il faut que vous me fassiez une pleine confession de tous les motifs et de toutes les espérances qui ont causé votre méprise extraordinaire dans votre calcul du tems , ou je vous condamnerai , sans remords , à rester jusqu'à l'heure du dîner dans votre attitude actuelle, sans regarder une seule fois dans la glace , ou sans déranger une seule épingle de sa place. » « Ma raison, » répliqua-t-elle avec beaucoup de confusion , « était que j'avais peur de ne pas être prête assez tôt. Je.... je me trompai d'heure ; et... Oh ! maintenant je m'en souviens ! vous savez que mes cheveux n'avaient jamais été accommodés auparavant , et je croyais que cela prendrait tant de tems, qu'il fallait commencer beaucoup plutôt. » « Ce n'était donc pas parce que vous aviez peur que votre bonnet ne se gâtât en restant si long-tems dans la boîte ? ni votre collier

non plus?.... Vous n'aviez pas la curiosité
de voir comme il vous irait. »

« Non, vraiment, ce ne fut pas cela
qui me pressa, » dit-elle avec sa naïveté accoutumée ; « car j'avais essayé
mon collier, mes pendans d'oreilles, et
tout le reste, dès le moment où je les
avais eus. » « C'est encore plus surpre-
nant ! » reprit le marquis. « Je trouve
qu'il faudrait être un casuiste bien délicat pour sonder votre conscience ; et
je crois qu'il faut que je vous mette
entre les mains du comte ; peut-être
aura-t-il plus de talent pour éclaircir
vos idées ; car, qu'une jeune demoiselle
se presse de venir dans la salle une
heure avant le tems ordinaire, et
qu'elle n'ait aucune autre raison à donner pour une précipitation si gothique,
sinon qu'elle avait peur d'arriver trop
tard, cela montre une absence totale
d'esprit, ou une grande préoccupation.
Ainsi, adieu, Adonia, jusqu'à ce que
le comte vienne, » ajouta-t-il en souriant et en branlant la tête, tandis
qu'Adonia retourna dans son appartement.

« Ah ! Adonia ! » dit le marquis en lui-même, les larmes aux yeux, dès qu'elle fut partie ; « confiante et tendre innocente ! le monde te paraît une perspective charmante de verdure perpétuelle, florissant sous un soleil sans nuage, et ses sentiers parsemés de roses aussi pures et aussi odoriférantes que toi ! Tu ne sais pas que ces roses exhalent la peste, que de ces allées, qui paraissent si vertes, il s'élève des vapeurs humides et très-dangereuses, et qu'il s'y trouve des serpens cachés, qui veillent pour lancer leurs darts contre le passager sans méfiance ! Cependant, pourquoi t'avertir de ces dangers ! ton cœur est sans crainte par l'inexpérience, sans soupçon par sa pureté, gai par des espérances sans nuage ; et si les serpens cachés étaient exposés à ta vue, tu ne ferais que sourire, et remarquer leurs couleurs éclatantes. Sois heureuse, tandis que tu le peux dans ton ignorance ! la jeunesse ne t'enseignera pas ces choses, tu les apprendras par la triste expérience ! »

CHAPITRE XII.

QUOIQUE le comte d'Avignon eût souvent vu Adonia auparavant, et l'eût toujours admirée, il l'avait jusqu'ici regardée comme un enfant, et n'avait presque pas conversé avec elle; car, comme elle ne paraissait point à table, il ne l'avait rencontrée que lorsque le hasard l'amenait dans le cabinet de son père, d'où elle se retirait toujours quand elle voyait qu'il avait compagnie. Avant l'entrevue de la veille, il y avait plusieurs mois qu'il ne l'avait vue, et, pendant ce tems-là, les charmes de sa personne avaient fait des progrès considérables. Son air et son maintien avaient acquis une grace qui, quoique ce ne fût qu'un effort de la nature qui se développe, était chez elle infiniment plus intéressante que tout ce que l'art aurait pu faire. Elle était particulièrement adaptée au mélange de simplicité et d'énergie de son caractère, et à l'inno-

cence enjouée de sa jeunesse. Elle n'é-
tait instruite d'aucune espèce de dégui-
sement ni d'artifice quelconque ; et ,
comme elle n'avait aucune connaissance
du monde , où les rafinemens artificiels
font naître la fausse délicatesse , elle n'é-
tait alors sujette à aucuns de ces embarras gauches qui troublent ordinairement une jeune demoiselle quand elle
fait ses premiers essais dans la conversation. D'Avignon avait trouvé autant
à admirer dans la force singulière et la
justesse de ses sentimens que dans ce
beau visage expressif qui donnait de
l'ame à tout ce qu'elle disait. Elle l'a-
vait laissé pénétré d'étonnement et d'admiration , admiration qu'il n'avait pu
cacher , et que de Bellefond découvrit
bientôt être aussi profonde qu'elle était
vive. C'était exactement ce qu'il desirait , ce qu'il espérait ardemment voir
tourner en attachement sérieux ; car il
ne connaissait pas un homme sur la
terre à qui il aurait donné sa fille avec
autant de confiance et de satisfaction.
La différence d'âges n'était point une
objection , d'après l'opinion générale

qu'il est avantageux qu'il y ait quelques
années de plus du côté du mari. Car
d'Avignon n'était encore que dans sa
trente-septième année, et possédait toujours tous ces avantages extérieurs qui,
dans sa première jeunesse, l'avaient
rendu l'objet de l'attention universelle.
Il joignait alors aux manières douces
et intéressantes qui l'avaient distingué
à son arrivée à la cour, cet air grand
et majestueux que la naissance donne à
la beauté mâle dans un âge plus avancé.
Ses sentimens étaient très-spécieux, son
langage élégant, et ses manières insinuantes ; en un mot, il possédait toutes
les qualités susceptibles de captiver ou
de séduire un cœur sans expérience.

Quoique le torrent des pensées d'A-
donia, dans la contemplation des plaisirs présens et à venir, eût empêché son
esprit de s'appesantir sur les avis de mademoiselle Belmour, ils avaient pénétré
son ame, et n'y demeuraient cachés
que jusqu'à ce qu'il se présentât quelque
occasion d'en faire usage ; et quand elle
vit le comte à dîner, elle éprouva un
embarras qui était tout à fait nouveau

pour elle. Quand elle rencontrait ses yeux, elle détournait les siens en rougissant ; et quand il renouvela ses complimens de la veille, elle les entendit sans plaisir, et presque avec dédain.

L'autre individu que son père attendait ne vint pas ; et Adonia pensait qu'elle aurait donné tout au monde pour qu'il y eût quelque autre personne, afin de pouvoir montrer, en partageant son attention, combien ses flatteries faisaient peu d'impression sur elle. Elle n'omit cependant aucune occasion de témoigner son mécontentement, car elle se sentait alors disposée à regarder tout ce qu'il disait comme une tentative pour en imposer à sa crédulité. La conversation tournant sur la parure, d'Avignon prit occasion de lui dire à l'oreille *combien la sienne lui convenait*. « Quand je vis hier mademoiselle d'Anville simple et sans ornement, » dit-il, « je vis la nature dans toute sa perfection ; et je m'imaginais que l'art ne pouvait rien ajouter à ses graces naturelles ; mais quand le bon goût veut faire servir l'art à l'ornement, je trouve que mademoiselle d'Anville même peut gágner par la parure. » « Paix, paix! d'Avignon, » dit le marquis qui l'entendit : « de *votre part*, le langage de la flatterie est inexcusable. » « Dites plutôt, » répliqua-t-il, « qu'il serait impossible de flatter mademoiselle d'Anville; et ne pas être enclin à la flatter, serait être aveugle ou insensible ».

« O papa ! » s'écria Adonia, « le comte ne s'efforce de me persuader de mes perfections qu'afin que je croie qu'il a très-bon goût; mais il se trompe beaucoup, s'il s'imagine que je puisse prendre pour moi des éloges qui ne sont dûs qu'à ma faiseuse de robes, ou à ma marchande de modes. Vraiment, monsieur, » ajouta-t-elle en se tournant vers le comte, « je suis étonnée que vous soyez tombé dans une telle erreur que de me dire que ma parure me *donne* des graces. Si j'étais un chevalier galant, et que je voulusse faire connaître à quelque belle mon manque de sincérité, et ma haute opinion de sa vanité, je lui dirais qu'elle donne de la grace à tout ce qu'elle porte; et

que les perles , les plumes , et la parure
ne servent qu'à cacher ses charmes in-
comparables. » « Tout de bon, Adonia ? »
dit le marquis ; « et où avez-vous appris une leçon si opposée ? » « Du comte
lui-même , » répliqua-t-elle avec vivacité ; « ses flatteries sont si visibles, qu'un
enfant pourrait s'en apercevoir. Eh !
monsieur, » en se tournant vers lui,
« quand vous voudrez encore vous amuser aux dépens de ma vanité supposée ,
il faut inventer quelque chose qui puisse
m'aveugler aussi bien que me flatter ».

Le comte, qui ne s'attendait pas du
tout à cette rebuffade de la simple sincérité , et qui s'imaginait qu'aucune
femme ne pouvait résister au plaisir
d'être flattée par lui , même quand elle
ne croyait pas tout à fait à ses flatteries, fut tout à la fois mortifié et piqué ; mais , s'efforçant de cacher sa mortification sous un air de plaisanterie , il
dit. « Qui aurait soupçonné qu'une si
belle rose cachât une épine ! » Et il
commença une conversation sérieuse
avec le marquis sur l'état des finances,
ce qui exclut entièrement Adonia, comme

c'était un sujet auquel elle n'entendait
rien.

Mortifiée néanmoins de sa négligence,
et fâchée de l'avoir offensé, ce que montrait assez sa conduite, elle se repentit
alors de cette manière de parler qui
avait produit ces effets; et la vanité ne
manqua pas d'augmenter son chagrin;
car, quoique les avis de mademoiselle
Belmour eussent opéré momentanément
sur ses sentimens, elle ne put s'empêcher de regretter d'avoir mis fin à ces
flatteries, par lesquelles elle s'imaginait
elle-même être offensée, et elle ne put
réprimer une secrète résolution, si secrète et si rapide, qu'elle s'en aperçut à peine elle-même, de prendre
à l'avenir plus de précaution de témoigner son mécontentement dans de pareilles occasions. Le comte garda envers
elle une froide réserve, et pensa bientôt
avoir oublié qu'elle était dans la chambre
avec lui. Sa vexation et son embarras
augmentant à chaque instant, elle saisit
la première occasion de se retirer dans
le salon, où ses réflexions furent bientôt

interrompues par l'arrivée de la marquise d'Estreaux.

Adonia fut aussi surprise et mécontente de la négligence de la toilette de
la marquise, que celle-ci fut satisfaite
de l'élégance de sa jeune amie. La première s'imaginait qu'il était d'usage de
se parer du mieux possible pour aller
dans un endroit public. La marquise
pensait qu'il était au-dessous de son
rang de se soumettre à aucune autre
mode que la sienne, et paraissait toujours en déshabillé, particulièrement au
spectacle ; mais dans les lieux publics,
où l'habillement fait disparaître les distinctions extérieures, elle voulait que
le *sien* fût remarquable par sa simplicité.
Elle avait alors une coiffe du matin
qui lui couvrait la moitié du visage,
et qui cachait tous ses cheveux ; son seul
ornement était un mouchoir de mous-
seline, qui, passé deux fois autour de sa
tête, était attaché sous le menton, et
formait un petit nœud. Elle n'avait
point de rouge, et tout son habillement
correspondait à la simplicité de sa *coif-
fure*. Adonia était très-disposée à lui

exprimer son étonnement de cette apparence de singularité; mais la marquise, lisant ses pensées, la prévint, en
disant d'un air insouciant, « qu'elle
trouvait trop incommode de se parer
pour aller parmi une foule mélangée
qu'elle ne connaissait pas, et dont elle
ne se souciait guère; qu'il n'appartenait qu'aux jeunes gens de suivre les
caprices arbitraires de la mode. » Adonia était depuis trop long-tems accoutumée à acquiescer implicitement aux
décisions de la marquise, pour douter
de la justesse de cette observation, quoiqu'elle ne pût s'empêcher d'être fâchée
de lui voir un air si comique.

Mais toutes les traces du mécontén-
tement furent dispersées quand on annonça la voiture; et quand elle entra
au spectacle, les leçons de mademoiselle Belmour, la négligence du comte,
et la figure comique de la comtesse
s'évanouirent de son esprit. Là, tout
était nouveau et charmant. La variété
et l'élégance de la compagnie, l'éclat
des lumières, la magie du théâtre, et
la bonté de la musique ne produisaient

qu'une succession continuelle d'étonnement et de délices ; et Adonia fut presque
tentée de croire que tout ce qu'elle
voyait n'était que quelque songe de la
terre des fées. Peu à peu, cette brillante confusion ne l'éblouit plus tant,
et elle fut en état de voir plus distinc-
tement, et d'examiner les objets autour
d'elle. Mais comme ses yeux timides
erraient dans les loges, elle crut apercevoir plusieurs personnes qui la regar-
daient avec attention, et un moment
après, elle sentit comme si tous les
yeux étaient dirigés sur elle. Confuse
et déconcertée, elle pensa alors, pour
la première fois, qu'elle était encore de-
bout tandis que les autres spectateurs
étaient assis. Elle s'assit à la hâte, et
commença à s'éventer avec précipitation pour cacher son désordre, ou pour
qu'on attribuât la profonde rougeur répandue sur ses joues à la chaleur
qu'elle trouvait aussi accablante ; mais
elle fut long-tems à se hasarder de regarder une seconde fois autour d'elle.
Sa seconde inspection fut cependant
moins terrible que la première pour ses

sensations, et elle surmonta à la fin si
fort sa timidité, qu'elle fut en état de
donner quelque attention à la pièce.
Vers le milieu du second acte, son père
et d'Avignon entrèrent dans la loge.

« Je pensais que vous ne viendriez
pas, » dit-elle en s'adressant à tous
deux, quoiqu'elle souhaitât que le comte
prît cela pour lui, comme une marque
de son desir de se réconcilier : « j'avais
réellement peur que vous n'eussiez oublié votre rendez-vous. » « Si j'osais
me flatter » dit le comte la compre-
nant très-bien, « d'avoir été compris
dans ces pensées, je me considérerais
comme mille fois dédommagé de la
peine d'un délai qui aurait pu me procurer tant d'honneur ; mais après la rigueur avec laquelle mademoiselle d'Anville m'a traité, il y aurait vraiment de
la présomption de ma part si je m'i-
maginais que ma présence ou mon absence ne lui est pas également indifférente. » « Monsieur, » dit Adonia avec
douceur, « sérieusement, vous ne me
rendez pas justice ; je n'avais réellement pas dessein de vous offenser. J'en
ai

ai été fâchée depuis ce moment; vous
ne sauriez vous imaginer combien j'ai
pensé à vous, combien, je veux dire,
j'ai été peinée que... » Elle ne put en
ajouter davantage. Une conviction que
son jugement approuvait la rebuffade
qu'elle lui avait donnée, et que la vanité
lui suggérait en grande partie ses excuses actuelles, couvrit son visage de
rougeur, et enchaîna sa langue. Mais
le comte, donnant à son désordre l'in-
terprétation la plus naturelle, s'écria
avec un ravissement affecté : « C'est
assez : mademoiselle d'Anville s'est re-
pentie intérieurement de sa cruauté, et a
prononcé mon pardon; et, avec sa bonté
accoutumée, elle me permettra de
mettre ici le sceau à notre réconciliation. » En même tems il lui baisa la
main avec ardeur : Adonia retira sa
main d'un air de hauteur timide; mais
elle n'osa plus exprimer son mécontent-
tement, quoique le souvenir des avis
de mademoiselle Belmour, et la conviction subite que son empressement à
se justifier avait donné lieu à cette nouvelle présomption, lui rendissent sa pré-

sence plus embarrassante qu'auparavant. « Il s'imagine, » dit-elle en elle-même, « que rien ne peut me plaire que la flatterie ; mais il faut que je lui apprenne à me mieux connaître ; ou plutôt il faut que j'apprenne à me mieux connaître moi-même. » Elle se détourna ensuite de lui, et s'appuya sur la loge, en regardant avec une telle apparence d'intérêt du côté du théâtre, que le comte se trouva privé de pouvoir converser davantage avec elle avant que la toile ne fût baissée.

Il s'efforça alors de nouveau d'attirer son attention. « Ah ! mademoiselle d'Anville, » dit-il, « pouvez-vous, vous qui semblez prendre plaisir à une pièce de théâtre, être assez égoïste pour rester tranquille, tandis que vous empêchez les autres de le partager ? ou plutôt n'avez-vous point de remords d'accorder toute votre attention à une froide représentation simulée, tandis que tant d'êtres vivans sont tourmentés de votre négligence, et veillent avec empressement pour obtenir un regard de pitié ?

Voyez comme leurs yeux suivent les mouvemens des vôtres ! »

« Je ne comprends pas de si beaux discours, monsieur, » dit-elle en rougissant, et en tournant encore la tête d'un air dédaigneux. Mais c'était alors plutôt une rougeur de plaisir que de colère, et elle ne put s'empêcher de jeter à la dérobée un regard sur les loges adjacentes pour chercher la confirmation de ses paroles. Il y avait à la vérité de quoi satisfaire amplement sa vanité ; car elle était effectivement l'objet de l'admiration universelle ; mais sa modestie reçut une profonde blessure. La première figure qui attira son attention fut un grand jeune homme mince, qui était appuyé, dans une attitude pensive, contre la colonne de la loge voisine, la contemplant avec tant d'attention, et en même tems de douceur, que toute son ame paraissait absorbée. Il avait des yeux noirs expressifs, et il y avait quelque chose dans l'ensemble de son visage, qui, encore plus que la symétrie de ses traits, excitait d'abord l'intérêt. Mais Adonia ne put supporter

sa sérieuse attention. Il était si près
d'elle, que, d'après son attitude, elle jugea qu'il devait avoir été long-tems
ainsi occupé. Se retirant à la hâte plus
avant dans sa loge, le visage couvert
d'une profonde rougeur, elle commença
une conversation légère avec la marquise, en s'efforçant de cacher son désordre par son babil, et cependant
tout à fait incapable de s'y soustraire.

Cette forme agréable était devant
elle ; son regard doux et pensif semblait encore vouloir pénétrer dans son
cœur, et elle devint bientôt aussi silencieuse et aussi pensive que l'objet dont
le regard l'avait affecté. Au moment
où la toile fut levée, et que l'attention
générale sembla se diriger vers le
théâtre, Adonia eut grande envie de
savoir si cet inconnu gardait encore sa
position ; mais l'idée *d'être vue* encore
une fois jeter ses regards sur lui, lui
causa une inquiétude et une agitation
qui l'étonnèrent, et elle se contraignit
pendant quelque tems. Son image était
néanmoins toujours devant elle.

* C'est exactement ce que Lavater

appelle un visage *spirituellement beau*, »
dit-elle en elle-même, en se rappelant
un livre que son père lui avait récemment donné; « rien d'imprudent, d'in-
considéré, de sévère ou d'impertinent
ne s'y trouve, » ajouta-t-elle. « Oui,
c'est exactement cela; car il n'y avait
rien d'impertinent dans son regard attentif: il ne doit pas m'avoir offensée,
car jamais je n'ai rien vu de si tendre
ni de si bienveillant! Il *faut* que je le
voie encore pour examiner s'il est véritablement si beau! et à la fin, elle
hasarda un coup d'œil avec précaution.
Il avait alors changé d'attitude, et était
placé de manière qu'elle pût l'examiner à son aise; mais si elle le crut encore
plus beau qu'il ne le lui avait paru à
la première vue, elle ne fut pas moins
surprise de la singulière négligence de
son costume, qui répondait mal à la
dignité de son maintien, et aux graces
peu communes de sa personne. Son habit
était absolument simple et tout uni,
et ses cheveux, d'un châtain brun, sé-
parés en boucles lâches sur son front,
étaient sans poudre, et point arrangés

à la mode. Adonia ne savait comment réconcilier ces contrastes apparens ; car elle ne doutait pas que ce ne fût un jeune homme d'un rang supérieur ; et la splendeur de la compagnie dont il paraissait être, s'accordait avec cette présomption. Quoique la marquise eût déclamé contre la *parure*, et l'eût regardée comme inutile à la naissance, elle ne voyait dans la salle aucune personne qui ne dût quelque chose à l'ornement ; et les hommes étaient en général aussi distingués par les signes extravagans du bon ton, que ce jeune étranger était remarquable par sa négligence de ces mêmes signes.

Ses réflexions furent bientôt interrompues par l'objet en question. Reprenant sa première attitude, il fixa encore les yeux sur elle avec la même attention ; et quoique Adonia ne fût pas fâchée de voir qu'il ne l'avait pas oubliée, elle recula de nouveau précipitamment dans la plus grande agitation. Elle ne le vit plus jusqu'à la fin de la pièce ; car, quoiqu'il l'intéressât singulièrement, elle ne put se résoudre à lui donner un autre

coup d'œil tant qu'il resta si près d'elle.
Mais en quittant la salle de spectacle,
accompagnée du comte d'Avignon, elle
le revit traversant une galerie éloignée
qui conduisait à une des portes particulières; là, changeant à la hâte de
direction, il s'avança comme pour les
rencontrer. Il n'eut cependant pas plutôt fixé les yeux sur Adonia, que,
baissant son chapeau sur les siens, il
prit un autre passage, et disparut.

« O comte ! s'écria-t-elle avec empressement, « dites-moi, de grace, quel
est cet élégant jeune homme qui venait tout à l'heure vers nous, et qui
s'est détourné si précipitamment ? » « Je
n'ai vu personne de cette description, »
répliqua le comte, « dans cette foule de
bourgeois et de *laquais* qui forment,
je crois, la plus grande partie de la populace qui nous environne ; mais quand
je l'aurais vu, je n'avais pas assez de
tems à perdre pour reconnaître un élégant jeune homme, lorsque mon attention était toute absorbée par une élégante jeune femme. »

« Bah ! » s'écria Adonia avec un

peu d'aigreur, « il est étonnant que
vous ne puissiez jamais parler sans flatterie. » Et elle retomba dans sa première rêverie. Elle avait alors vu le bel
inconnu séparé du groupe élégant avec
lequel il était au spectacle, et qui l'é-
vitait avec autant d'empressement qu'il
en avait auparavant montré pour la regarder. Elle en conclut que ce n'était
peut-être qu'accidentellement qu'il s'é-
tait trouvé dans cette compagnie, et
que son empressement à s'éloigner d'elle
indiquait une conviction d'infériorité
qui lui faisait craindre d'avoir offensé
par la licence qu'il avait permise à ses
yeux.

L'exemple de la marquise lui avait
appris à attacher quelqu'importance aux
distinctions de rangs. Ces conjectures
touchant l'étranger remplissaient donc
son esprit d'une singulière inquiétude,
et elles étaient trop probables pour être
rejetées. Elle desirait et craignait en
même tems de faire d'autres questions;
car elle était certaine que le comte l'a-
vait remarqué, et elle était même portée à croire, par les regards qu'ils s'é-

taient lancés l'un à l'autre, qu'ils se connaissaient. Cependant, la crainte de découvrir qu'en fait de naissance il ne fût ce qu'elle l'avait d'abord supposé, réprima bientôt sa curiosité ; et quand la voiture la descendit à la maison, elle était parvenue à une parfaite résignation, concluant qu'il n'était peut-être qu'un valet de chambre, ou un secrétaire de quelque personne de qualité. Son costume était assez convenable à l'une ou à l'autre de ces situations, quoique son air pensif eût plus d'analogie à ses premières idées. Adonia alla donc coucher, en se reprochant à elle-même d'avoir souffert qu'un individu, qu'elle ne connaissait pas du tout, eût attiré son attention, et lui eût inspiré de l'intérêt, fermement déterminée à ne plus penser à lui.

D 2

CHAPITRE XIII.

Le jour suivant, le père d'Adonía l'introduisit à plusieurs familles de distinction, où elle vit plusieurs jeunes gens dont les manières et l'apparence étaient propres à bannir de son esprit l'image du bel inconnu ; et quoiqu'elle se surprît souvent elle-même à faire des comparaisons en sa faveur, elle condamnait sévèrement ces écarts involontaires, et à la fin, à l'aide de sa vivacité naturelle, elle parvint bientôt à oublier ce visage intelligent où elle avait cru remarquer en traits frappans l'expression d'une ame supérieure, ou n'y pensa plus que comme à une chose qui appartenait à un homme auquel il ne lui était pas permis de s'intéresser. Le jeune comte de Narsom était moins beau ; mais il était spirituel et accompli, et son rang lui donnait droit à son attention. Le chevalier Bellaxel éveilla

sa coquetterie cachée par ce mélange
d'insouciance et de galanterie avec lequel il lui fit ses complimens , et les
attentions silencieuses, mais expressives
de l'élégant de Froville , lui apprirent
que ses charmes étaient susceptibles
d'attirer de la part des autres la même
admiration pensive qui l'avait flattée
dans les regards de l'inconnu.

Elle revint au logis de cette ronde de
visites où elle avait trouvé ces jeunes
messieurs le cœur allégé et content ;
et , quoiqu'elle s'efforçât de réprimer
cette joie de la conviction de sa beauté ,
qui se mêlait à ses pensées, elle ne put
guère cacher sa satisfaction intérieure ,
ni s'empêcher de courir vers la glace , du
moment où elle entra dans le salon ,
oubliant entièrement que son père était
derrière elle , pour confirmer la justice
des complimens qu'on lui avait prodi-
gués.

Le marquis pénétra ses pensées , et
déplora que les craintes qu'il avait de
sa vanité fussent sitôt réalisées ; mais
sachant que la nouveauté de l'admiration devait la rendre agréable à une

personne qui possédait à un si haut degré
tout ce qui peut excuser la vanité dans
une jeune fille, il crut qu'il valait
mieux qu'elle parût actuellement, afin
d'avoir occasion de la réprimer avant
qu'elle eût pris de trop profondes ra-
cines. Cependant, Adonia vit bientôt
la figure de son père dans la glace ; et,
convaincue des motifs qui l'avaient elle-
même attirée là, elle éprouva une sensation comme si elle avait été surprise
en commettant un crime énorme. Le
marquis sourit, et fut bien aise de sa confusion. « Pourquoi rougissez-vous, Adonia ? » dit-il, « est-ce parce que, par mé-
garde, vous m'avez montré votre jolie
figure dans la glace ? ou rougissez-vous
de ce que vous pensiez que je m'admirais *moi-même* ? Autrefois, vraiment,
quand j'étais aussi jeune que vous, je
m'imaginais que ma glace m'offrait un
Adonis, et j'étais vain de mes avantages personnels ; mais quand j'entrai
dans la carrière de la concurrence, et
que je vis tant d'êtres plus beaux que
moi, que l'on ne respectait cependant
guère quand ils n'avaient point d'autre

mérite que la beauté, je ne m'appro-
chai jamais de ma glace sans me trouver humilié et honteux de ma folle vanité. Peut-être était-ce quelque chose
du même genre qui a causé votre rougeur ; et, s'il en est ainsi, je ne puis
qu'applaudir à la justice de votre confusion ; car la beauté seule n'étant qu'une
fleur de peu de durée, elle ne peut jamais obtenir qu'une admiration momentanée, et un esprit juste comme celui
de mon Adonia doit mépriser une distinction si précaire. » « Ah ! papa, »
s'écria-t-elle en rougissant plus profondément, « vous ne savez pas combien
peu je mérite vos éloges ! Pour vous
dire la vérité, je pensais plutôt comme
vous pensiez autrefois que comme vous
le faites aujourd'hui ; mais je suis ré-
solue à éloigner toutes ces folles pensées, car je sais bien qu'il n'y aurait
aucun mérite de ma part quand je serais la plus grande beauté du monde ;
et cependant, quoique je *connaisse* la
folie de faire cas de la beauté, je n'ai
absolument pas pensé à autre chose depuis que le roi est venu ici. » Cet aveu

sincère l'avait néanmoins entraînée trop
loin , et elle ne l'eut pas plutôt fait,
qu'accablée de honte , elle s'enfuit à la
hâte , laissant son père aussi charmé de
sa franchise , qu'il avait auparavant été
alarmé de sa vanité.

Peu de jours après , les visites qu'elle
avait faites avec son père furent toutes
rendues , et plusieurs jeunes personnes,
qu'elle n'avait point vues auparavant,
vinrent aussi lui payer leurs respects :
parmi les dernières , une demoiselle
d'Arneau attira particulièrement son
attention , et gagna tellement son amitié , qu'en très-peu de tems elle devint
sa plus constante compagne. Mademoiselle d'Arneau avait été introduite à
Adonia , parce que son père , qui était
au nombre de ceux avec qui de Bellefond vivait dans l'intimité , avait té-
moigné le désir que leurs enfans se
connussent. Quoique les manières de
cette jeune demoiselle eussent donné
au marquis une idée défavorable à son
sujet, il ne put honnêtement se refuser
à la demande de son ami , après avoir
déclaré son intention de permettre à

sa fille de former un petit cercle de
connaissances pour elle-même.

Trois ans plus âgée qu'Adonia, mademoiselle d'Arneau avait à cette époque été présentée à la cour, et était
une des beautés de l'hiver qu'il était
à la mode de suivre. Quoiqu'il n'y eût
qu'un an qu'elle fût sortie du couvent,
qu'elle fût encore novice dans les usages
du monde, et étrangère aux règles de
la bonne compagnie, elle était déjà
avancée dans l'art de la coquetterie, et
très-experte dans tous les genres de dissimulation. La coquetterie était en effet
tellement le motif dominant de sa conduite, que, quoique son cœur ne fût pas
susceptible d'une amitié solide, et qu'il
fût en guerre avec toutes les personnes de
son sexe qui avaient des droits à lui dis-
puter ses prétentions à l'admiration,
elle s'étudiait néanmoins à gagner leur
estime, et elle se glorifiait de leur préférence. Il n'y avait point d'homme,
quelque insignifiant qu'il pût être,
contre lequel elle ne faisait pas usage
de ses artifices insinuans, quand elle
voyait une possibilité de faire une nou-

velle conquête, aucune femme par qui
elle ne desirait pas d'être traitée avec
distinction, s'il y avait la moindre
perspective d'augmenter sa popularité
en cultivant son amitié. Cependant elle
n'avait pas naturellement le cœur mauvais, et elle était trop gaie et trop
franche en apparence pour qu'on fût
long-tems fâché contre elle, même quand
sa légèreté était répréhensible. Elle était
très-accomplie ; ses manières étaient
remplies de graces et insinuantes, et
elle pouvait aisément prendre toutes
les formes de syrène qui convenaient
à ses desseins. Quoiqu'Adonia eût été
avertie de son vrai caractère, elle ne
fut pas à l'épreuve de ses flatteries, de
sa franchise engageante, de la chaleur
de ses protestations et de la versatilité
enchanteresse de son imagination, qui
faisait continuellement jaillir des saillies de plaisanterie, ou plutôt de singularité, qui, sans en avoir l'essence,
étaient couvertes par son sourire malin
du clinquant de l'esprit.

Elle résolut, à la vérité, d'éviter une
intimité particulière avec elle, jusqu'à

ce qu'elle eût formé elle-même une opinion par ses observations, et reconnu si les avis qu'on lui avait donnés n'étaient pas plutôt les effets de l'apparence que de la réalité; ce qu'elle était d'autant plus portée à croire, que la vivacité de mademoiselle d'Arneau ressemblait davantage au caractère naturel de son propre cœur. Mais dans ce cas-ci, le jugement était en défaut; car mademoiselle d'Arneau avait captivé son amitié avant qu'elle eût eu le tems de faire cet examen; et Adonia trouva qu'il lui était impossible de la censurer, même quand elle ne pouvait pas l'approuver. Entre les admirateurs qui payaient leurs hommages à cette divinité du jour, personne ne fut pendant un tems plus son esclave que milord Arunville, jeune Anglais du premier rang, qui était venu à Paris après avoir fait le tour d'Allemagne et d'Italie, et qui avait particulièrement été introduit dans sa famille par des lettres de son père, ami de collége du baron d'Arneau. C'était un jeune homme fort dissipé, mais c'était plutôt un imitateur

irréfléchi des usages du bon ton, qu'un
libertin par principes. Avec le poli que
l'on acquiert communément dans les
cercles à la mode, tels que ceux qu'il
fréquentait, il conservait encore assez
de mœurs, de sentiment et d'honneur
pour être recherché par des hommes
d'une classe différente. Son rang, et le
bruit d'une grande fortune, lui assu-
rèrent de la part de mademoiselle d'Arneau un accueil flatteur, et il devint
bientôt son amant déclaré et favori,
en obtenant sa permission de solliciter
le consentement de son père à leur
union.

Cette permission n'avait cependant
été obtenue que par les importunités du
jeune lord. Il craignit de perdre, en at-
tendant plus long-tems, une femme généralement admirée, et qu'il voyait clairement (quoique cette conviction ne diminuât en rien son aveugle et impé-
tueuse passion) ne pas avoir assez de
solidité pour s'en tenir à une première
décision, s'il se présentait un nouvel
objet qui disputât ses prétentions à sa
préférence; et une union immédiate

avec milord Arunville, ou tout autre
homme quelconque, était la dernière
chose à quoi pensait mademoiselle d'Arneau.

Elle ne lui avait donné sa promesse
que dans des vues d'intérêt et d'ambition qui lui suggéraient l'importance
de s'assurer d'un parti si avantageux.
Mais quand, autorisé par le consentement de son père, il la pressa d'accom-
plir sa promesse, elle ridiculisa son im-
pétuosité, et lui demanda comment il
pouvait être assez vain pour s'attendre
qu'à son âge elle voulût renoncer au
plaisir d'être universellement adorée,
uniquement pour l'obliger tout seul.
« D'ailleurs, mon bon milord, » dit-
elle, « l'expérience et la réflexion m'ont
appris que nos affections sont trop va-
riables pour qu'on puisse compter dessus
sans une longue épreuve, et sans avoir
rencontré plusieurs contrariétés; et vous,
qui n'avez point essayé la constance des
vôtres, vous voudriez que je fusse parfaitement satisfaite et reconnaissante de
quelques expressions involontaires d'admiration, et de quelques protestations

d'usage d'un amour et d'une fidélité
éternels, que vous croyiez peut-être alors
très-sincères , mais qui n'ont pas plus
la sanction d'un choix réfléchi, que je
ne l'aurais moi - même si j'étais assez
faible pour souscrire à votre folle proposition. Vous savez que je suis maintenant *l'idole*, et il est naturel que l'on
m'admire. Vous ne sauriez vous en
empêcher , quoique je sois fâchée de
voir que vous en ayez perdu la tête ;
mais comme j'ai encore toute la mienne,
et que je ne suis pressée par aucune pareille nécessité , il faut réellement que
vous me permettiez de penser sérieusement avant que je m'engage dans un
état aussi *sérieux* que celui du mariage,
particulièrement avec un berger que je
connais à peine depuis six semaines.
D'ailleurs , considérez la barbarie de
m'entraîner dans une terre étrangère,
loin de mon cher papa et de mes petits
frères et sœurs, après avoir été si long-
tems bannie de leur présence ; je n'ai
pas encore eu le tems de remplir les
devoirs filials. Comment pouvez-vous
vous attendre à me trouver une épouse

exemplaire avant d'avoir éprouvé si
je suis capable, ou non, d'être une fille
exemplaire ? Non, non, mon cher Arunville! il n'est pas possible de consentir
à un pareil amas de circonstances désa-
gréables. Vous pouvez compter que je
vous épouserai quelque jour ; mais ne
soyez pas assez déraisonnable pour me
demander *quand*. »

Le fait était que mademoiselle d'Arneau, quoique l'ambition lui montrât
les avantages d'une union avec lord
Arunville, et quoiqu'elle le préférât à
ses autres adorateurs, avait assez de
pénétration pour découvrir qu'il avait
trop de ce que l'on appelle *idées anglaises*, pour souffrir dans sa femme
une conduite qu'il aurait pu peut-être
permettre à sa maîtresse, et elle était
trop enchantée de l'admiration générale
pour rabattre la moindre particule de
cette coquetterie qui la lui attirait,
sur-tout au moment où elle était la
beauté dominante de tous les cercles où
elle paraissait. Elle savait que, selon le
cours ordinaire des choses, la mode
mettrait bientôt fin à ce règne dans

Paris, et elle pourrait alors, à ce qu'elle
s'imaginait, l'accompagner avec moins
de répugnance en Angleterre, où ses
charmes seraient nouveaux, et où elle
pourrait peut-être apprendre, par la réserve et la prudence que l'on attribue
aux belles Anglaises, à contenir cette passion pour les conquêtes, et se contenter
de tâcher de plaire à son mari. Avant
cette époque, elle ne pouvait se résoudre à donner sa main à milord Arunville, ou à renoncer à cette liberté illi-
mitée d'agir, pour cette liberté bornée,
ou au moins douteuse d'une épouse.

Quelque mortifié et offensé que fût
milord Arunville d'un traitement aussi
indigne d'un homme sensé et d'honneur,
son ressentiment, sa raison cédaient à
la magie de ses charmes. Il se fâcha,
il implora, il représenta successivement ; et à la fin, dans l'aveugle
ferveur d'une passion qui augmentait
tous les jours par les artifices de sa coquetterie consommée, (en lui donnant
alternativement des craintes et des espérances, des promesses et des doutes)
il proposa un expédient parfaitement

conforme à ses vues. Par-là , lui dit-il,
il serait délivré des appréhensions de
la perdre, qui le tourmentaient jour et
nuit , puisqu'il la voyait entourée de
rivaux dangereux , et importuns , et il
lui laisserait toute la liberté qu'elle
pouvait raisonnablement exiger par rapport au tems. Ce n'était autre chose
que de lui faire donner par écrit la
promesse de devenir son épouse au bout
de deux ans, si elle s'opposait jusqu'à
cette époque à son bonheur , ou s'ils ne
consentaient pas mutuellement à se séparer. Mademoiselle d'Arneau , après
quelques scrupules affectés , consentit à
cet engagement, qui fut également liant
des deux côtés , et signé en présence
du baron d'Arneau , et approuvé par le
père de milord Arunville.

Ce fut à cette époque, lorsque la
certitude de pouvoir un jour l'appeler
son épouse avait banni toutes ces
craintes , et levé toutes ces difficultés
factices qui rendaient sa passion si ardente, que lord Arunville vit Adonia
pour la première fois à l'Opéra-Comique. Il avait beaucoup entendu parler

de sa beauté et de ses talens; mais il ne
savait pas que l'aimable fille qui avait
alors attiré son attention fût la fille du
marquis de Bellefond, dont l'entrée dans
le monde avait été si long-tems précédée par les éloges de la renommée
et la chuchoterie de l'attente. Il la rencontra quelques jours après dans une
compagnie choisie chez le baron d'Arneau, et elle lui parut, en la voyant
de plus près, comme une fille qui n'é-
tait pas encore maniérée, dont la simplicité faisait le principal charme; car
sa beauté était moins éblouissante que
celle de mademoiselle d'Arneau, même
pour l'œil impartial, et ses manières
moins imposantes étaient au premier
abord moins attrayantes.

Il s'imagina que l'intérêt momentané qu'elle avait excité en lui était
passé, et cultiva sa connaissance avec
la sûreté de l'indifférence.

Quoiqu'Adonia n'eût pas tous les
charmes éblouissans de mademoiselle
d'Arneau, sa beauté était d'un genre
qui captivait plus sûrement le cœur, et
d'autant plus dangereuse, qu'elle faisait
insensiblement

insensiblement des progrès. Sa modestie
non affectée et la justesse naturelle
de ses sentimens, son innocente vivacité, qui n'avait point d'objet au-delà
de la jouissance du moment présent,
et la pureté de son esprit, qui donnait
à sa conduite une bienséance non
étudiée, étaient toutes des graces particulièrement susceptibles de gagner les
affections de milord Arunville. Quoique d'abord surpris et subjugué par les
charmes séduisans de mademoiselle
d'Arneau, il avait néanmoins des notions de la délicatesse et de la bienséance que doit avoir une femme. Mademoiselle d'Anville les possédait au suprême degré; et quand sa passion im-
pétueuse lui permettait de raisonner un
moment, il s'apercevait bien que ces
qualités ne se trouvaient pas dans les manières ni dans la conduite de sa future
épouse; car mademoiselle d'Arneau,
maintenant sûre de sa main, possédant
ses affections, et se croyant capable de
le bannir et de le rappeler à volonté,
donnait un libre essor à son inclination
naturelle pour la coquetterie. Le projet

de captiver tous les cœurs, qui avait été en quelque sorte suspendu, tandis qu'elle n'était pas encore certaine de celui de milord Arunville, fut alors plus vivement suivi par la certitude de cet engagement qui aurait dû le restreindre. Elle crut pouvoir se jouer des cœurs des autres sans être elle-même en danger, et elle trouvait un double triomphe à être aimée sans espoir de retour. Folâtrant ainsi autour d'un précipice qui semblait devoir causer la destruction ou de milord Arunville, ou celle de ses vues ambitieuses, elle continua de briller sans rivale dans les cercles de la folie à la mode, toujours courtisée, flattée et admirée. La raison fit enfin ouvrir les yeux à milord Arunville, et il regretta de s'être lié par un engagement dont l'accomplissement causerait son malheur; il vit alors sa maîtresse dépouillée de tous ces attraits illusoires dont son imagination l'avait décorée.

Adonia d'Anville s'était insensiblement emparée de son cœur; et, ce qui était encore plus dangereux, son amour avait l'approbation de sa raison; mais,

tenant à de certaines idées d'honneur,
quoiqu'il ne fût pas bien rigoureux en
principes généraux, il ne conçut aucun dessein de gagner son affection,
ni de s'efforcer de rompre son engagement avec mademoiselle d'Arneau. Il
pensa néanmoins qu'il pourrait trouver
de la consolation dans son amitié, et
qu'il ne courait aucun danger en se
permettant de jouir de sa compagnie;
car elle l'avait attiré trop graduellement pour créer des craintes, et il était
d'ailleurs pleinement persuadé qu'aucun motif quelconque, quelque puissant qu'il fût, ne lui ferait rompre sa promesse. Ses principes d'honneur étaient
véritablement profondément gravés et
invariables; mais il n'avait jamais appris à gouverner son cœur.

Le comte d'Avignon, avec qui il
était en liaisons d'amitié, et qui ne vit
point de danger pour lui-même en pré-
tant la main à ce projet romanesque
d'amitié, d'après la connaissance qu'il
avait de l'engagement d'Arunville, et
d'après la persuasion qu'il s'était lui-
même assuré de la première place dans

le cœur de l'innocente Adonia, l'introduisit volontiers dans ses petits cercles. En peu de tems, milord Arunville eut donc un libre accès à l'hôtel de de Bellefond, et fut généralement bien reçu des personnes de la société d'Adonia. La marquise d'Estreaux, qui n'accordait pas facilement son admiration, fut particulièrement enchantée de lui, et il ne resta pas en arrière dans ses efforts pour augmenter cette prédilection. Il la courtisait véritablement pour elle-même, indépendamment de l'influence qu'elle avait sur Adonia; car la considération d'un caractère si distingué ne laissait pas d'être flatteuse pour un jeune homme. D'ailleurs il trouvait du plaisir à sa conversation, et une espèce d'intérêt de mère dans ses manières envers lui, qui captiva son estime, et gagna bientôt son amitié. Ses manières s'accordaient parfaitement avec les idées élevées de cette dame, sur ce qui doit caractériser *l'extérieur* d'un *homme du bon ton.* Avec une gaîté convenable à son âge, il ne perdait jamais de vue la dignité qui convenait

à son rang ; et quoique tout le monde
l'accusât de plusieurs faiblesses à la
mode, sa conversation était tout à fait
dégagée de la moindre particule de légèreté qui indique un esprit relâché ; il
était à la fois sensible, mâle et poli.
C'était, à la vérité, un de ces caractères variés que la partie sage de l'espèce humaine admire et condamne en
même tems. L'inconstance avait nui aux
grandes facultés spirituelles dont il
était doué, et la dissipation avait af-
faibli et obscurci sa vertu naturelle
sans l'éteindre entièrement, et sans empêcher de voir qu'il était encore capable de grandes choses. Quoiqu'il vio-
lât souvent les obligations sociales et
morales, il avait pour elles une espèce
de respect théorique, et une délicatesse
de sentiment qui mêlait le repentir aux
jouissances licencieuses, et couvrait les
torts de sa conduite d'un voile de dissimulation honteuse, qui effaçait l'é-
clat du vice, et mêlait la pitié au reproche.

La marquise d'Estreaux était incapable de pardonner le plus petit écart

de son propre sexe ; mais la coutume
et le préjugé l'avaient reconciliée avec
plusieurs fautes de l'autre ; et, quoiqu'elle méprisât les artifices du séduc-
teur, et qu'elle se détournât avec dégoût de cette licence qui manque à la
décence de la société, elle regardait
l'homme qui satisfait ses vices en secret, ou lorsqu'ils ne peuvent être in-
jurieux qu'à lui-même, comme beaucoup moins blâmable, comme étant
moins ennemi du bon ordre que la
femme qui oublie le caractère naturel
de son sexe par la hardiesse ou la légèreté de son maintien seul.

Milord Arunville prenait grand soin
de cacher à son œil pénétrant l'état de
ses sentimens pour Adonia ; et la marquise le considérant comme une bonne
acquisition pour leur société, n'omit
aucune attention d'amitié ou de politesse
pour l'assurer d'un bon accueil. Quoique
de Bellefond ne se souciât pas d'abord
d'augmenter le nombre des personnes
qu'il avait choisies pour sa société déjà
trop considérable pour l'état délabré de
sa santé, il s'intéressa à milord Arun-

ville, parce qu'il était anglais. Il y avait dans ses manières et dans sa conversation une si grande ressemblance aux siennes, (maintenant que l'accablement et l'anxiété avaient abattu la vivacité naturelle de lord Arunville), que chaque nouvelle entrevue augmenta la prédilection que lui avait inspirée sa première apparence, et qui à la fin attacha le marquis à lui par sympathie et par choix. Encouragé par l'accueil gracieux qu'on lui faisait, Arunville partageait alors son tems entre la famille d'Estreaux et celle de de Bellefond, quand il n'était pas nécessairement dévoué à mademoiselle d'Arneau. Son malheureux attachement resta quelque tems caché ; et quoiqu'Adonia l'admirât et l'estimât, elle n'avait pas plus d'inclination pour lui que pour tout autre homme qui aurait eu autant de talens et autant de mérite. Elle n'avait encore vu, à ce qu'elle s'imaginait, aucun homme si aimable, si attentif que le comte d'Avignon ; aucun aussi beau et aussi intéressant que l'inconnu de l'Opéra-Comique ; et tandis qu'elle pré-

tait complaisamment l'oreille aux paroles fardées et ambiguës du premier,
et encourageait de bonne foi ses espérances, son cœur n'avait encore éprouvé
aucun sentiment de tendresse. Si elle
s'était donné la peine de chercher la
raison pourquoi elle donnait la préférence au comte, elle aurait été convaincue avec douleur que c'était plutôt
la vanité que l'estime (qu'elle s'imaginait avoir pour lui comme l'ami intime de son père) qui l'engageait involontairement à favoriser ses attentions;
car il faisait alors usage de flatteries plus
adroites, et sa franchise naturelle,
trompée par ses artifices, ne se refu-
sait plus au langage de la dissimulation.

CHAPITRE XIV.

Trois mois s'écoulèrent ainsi dans la gâîté et le plaisir pour Adonia, dans une irrésolution pénible pour milord Arunville, et dans une confirmation journalière de l'espérance du succès de ses projets de séduction pour d'Avignon. Ses plans de trahison contre de Bellefond se mûrissaient aussi, et avec plus de certitude. Le moment de sa ruine était prêt d'arriver, tandis que le confiant de Bellefond, de plus en plus attaché à son ennemi insidieux, ne pensait qu'à s'unir encore plus étroitement avec lui, en lui donnant l'enfant de ses affections, dont les progrès rapides et les charmes croissans étaient pour un père une satisfaction bien délicieuse, et allégeaient grandement ses chagrins intérieurs, en rallumant dans son sein les illusions de l'espérance.

Adonia avait maintenant acquis cet

E 2

air du beau monde, qui était la seule
chose qui manquât au complément de
ses graces naturelles, en retenant cependant assez de sa naïveté primitive
pour la distinguer de ces sectateurs ser-
viles de la mode, et pour donner à ses
charmes quelque chose qui leur était
particulier. Elle jouissait occasionel-
lement des plaisirs et des amusemens
du grand monde, et éprouvait une espèce de gratification à être courtisée et
admirée, que sa jeunesse et sa beauté
pouvaient bien excuser; mais il s'en
fallait de beaucoup qu'afin d'obtenir
cette distinction elle eût voulu augmenter ses pouvoirs de plaire par les
artifices de l'affectation ou de la coquetterie. Libre, heureuse, et sans inquiétude, elle recevait des éloges quand
on les lui offrait comme un tribut qui
lui était dû; mais ce n'était pas l'objet
de ses recherches; elle s'amusait avec
modération, et n'éprouvait aucun chagrin quand elle était privée d'amusemens.

Son père était toujours son premier
objet. Remarquant qu'il était abattu,

quoiqu'elle en ignorât la cause, elle
sentait qu'il était doublement de son
devoir de tâcher de lui donner du plaisir. Elle le trouvait le plus tendre, le
plus indulgent des pères, et son bonheur
était imparfait quand elle ne pouvait
pas contribuer au sien. Toute l'ame de
de Bellefond était absorbée dans la
sienne; elle était sa compagne, sa consolation et son orgueil.

Il la contemplait quelquefois avec un
ravissement pénible, empreint de certains souvenirs que de pareils momens
rappelaient toujours jusqu'à ce qu'un
déluge de larmes coulât de ses yeux; et
alors elle se pendait à son cou, et lui
demandait pourquoi il pleurait d'une
voix si touchante, si compatissante,
qu'il n'avait que le pouvoir de s'arracher
d'entre ses bras, et de se retirer pour
donner en secret un libre cours à ses
larmes. « Ange affectueux et consola-
teur, » se disait-il à lui-même, « elle
fait à la fois mes délices et mon supplice! O dieu! répands sur elle tes béné-
dictions! sers-lui de père quand je ne
serai plus! mais ne permets pas qu'elle

connaisse, même en idée, des souffrances telles que les miennes ! O Adonia ! quelque peu d'attraits que le monde ait pour moi , j'y resterais cependant toujours pour protéger ton innocente amabilité, pour te voir toujours aussi franche, aussi simple et aussi heureuse que je te vois aujourd'hui. »

Adonia entra alors dans sa dix-septième année ; et le marquis, toujours heureux de pouvoir l'amuser, donna un grand festin pour célébrer le jour de sa naissance, auquel la marquise d'Estreaux fut priée de présider. Adonia, qui savait bien la musique, devait faire sa partie dans le concert, par où commençaient les amusemens de la soirée. L'idée de montrer pour la première fois ses talens en public éveilla toute sa timidité, et l'accabla de craintes ; mais c'était le desir de son père, et elle ne pouvait rien refuser de ce qui pouvait lui donner quelque satisfaction. Déterminée en conséquence à faire tous ses efforts , quand le tems appréhendé arriva, elle prit sa place à l'orchestre que l'on avait élevé à cette occasion, et

commença le concert devant une assem‑
blée nombreuse et élégante par une belle
ouverture de Lulli sur l'orgue, accom‑
pagnée des différens instrumens de
quelques-uns des plus habiles musiciens.
Rassurée par l'approbation de ses audi‑
teurs et l'assistance des autres acteurs,
qui cachaient des fautes causées par la
défiance, elle continua avec plus de
hardiesse, et reprit bientôt son exécu‑
tion ordinaire, qui était extrêmement
brillante. La salle retentit d'applaudis‑
semens quand elle conclut, et le comte
d'Avignon, qui était toujours à la piste,
la reconduisit à son siége passablement
remise.

Mais ceci était une épreuve bien in‑
férieure à celle qu'elle fut ensuite obli‑
gée d'essuyer quand elle se leva pour
chanter uniquement accompagnée de
sa harpe. Tous les yeux se fixèrent sur
elle, et toutes les oreilles s'ouvrirent
dans la crainte de perdre un seul de ces
sons enchanteurs, tandis qu'elle était
assise, le visage tourné vers la compa‑
gnie, sa figure agréable et légère pen‑
chée sur la harpe, et ses joues couvertes

d'une timide rougeur qu'il n'était pas
au pouvoir de l'art d'imiter, et qui fit
honte à toutes les différentes nuances
de rouge répandues sur les visages des
autres belles. La chanson qu'elle avait
choisie était un petit air plaintif d'un
opéra alors fort à la mode. Sa simplicité
était analogue à la sienne, et était bien
propre à subjuguer sa méfiance ; c'est
pourquoi, quoique considérablement
alarmée d'être ainsi le seul objet d'attention, elle s'efforça de se composer,
et résolut de s'imaginer qu'elle était
seule. Ce fut en vain : ses yeux errèrent
involontairement pour rencontrer ces
regards qu'elle craignait encore de rencontrer ; ses mains tremblèrent, et sa
voix s'affaiblit. S'imaginant que tout le
monde devait remarquer ce changement, elle regarda encore autour d'elle
pour voir si le ridicule n'était pas peint
sur tous les visages, et elle aperçut,
appuyé contre l'orchestre, les yeux
fixés sur elle, l'inconnu de l'Opéra ! La
chanson, l'air, les paroles parurent à sa
timide et active imagination particulièrement faits pour lui. Elle éprouva

un sentiment comme si elle avait exprès chanté pour lui, et s'imagina qu'il
ne pouvait attribuer sa confusion qu'à
lui-même. Sa voix s'éteignit ; elle se
leva à la hâte, et essaya de s'excuser ;
mais elle se trouva tout à fait incapable
de prononcer une seule parole : à la fin
accablée par l'aiguillon piquant de la
gaucherie et de la honte, elle s'enfuit de
la chambre, et trouva du soulagement
en répandant un torrent de larmes.

D'Avignon, qui avait épié attentivement les progrès de son embarras,
la suivit sur-le-champ, et ayant dissipé
sa détressse en usant alternativement
des armes de la flatterie et du ridicule,
il parvint à lui redonner un certain degré d'assurance, et la remena à la compagnie, en disant tout haut qu'il avait
attrapé la belle enchanteresse pleurant
le péché de magie, mais qu'il lui avait
donné l'absolution, sachant bien que le
monde aimerait mieux se soumettre à
ses sortilèges que d'être privé de sa
présence.

Adonia fut un peu mécontente de ce
qu'il découvrait une faiblesse qu'elle au-

rait préféré de cacher ; mais le comte avait été si amical et si bon dans ses efforts pour dissiper sa confusion, qu'elle ne put que répondre faiblement : « C'est vous qui voudriez nous subjuguer par la magie, la perfide magie de la flatterie ; mais, croyez-moi, vous ne recevrez jamais l'absolution de moi. »

Le marquis approcha pour savoir la cause de la disparution subite de sa fille, s'étant trouvé à une trop grande distance pour l'observer. D'Avignon s'apercevant qu'elle était embarrassée pour répondre, saisit avec sa politesse ordinaire l'occasion de l'obliger, et fit sur-le-champ une réponse qui la mit à son aise, et satisfit le marquis. Le cœur sans art d'Adonia éprouva un sentiment de reconnaissance de cette attention délicate. « Vous êtes trop bon, monsieur, » dit-elle avec ardeur, et en lui serrant en même tems la main. D'Avignon fit un mouvement involontaire de trémeur à ce doux attouchement ; il sentit en ce moment toute la noirceur de son ame, tandis que l'innocente dont il projetait la ruine lui souriait avec con-

fiance. Adonia remarqua son embarras
momentané, qui se communiqua sur-
le-champ à son cœur, et couvrit son
visage d'une profonde rougeur. Elle
avait depuis peu fait quelques remarques
sur la singularité de la conduite du
comte à son égard ; elles se présentèrent toutes à sa mémoire durant cette
pause, et elle se reprocha sévèrement
d'avoir si imprudemment cédé aux
simples émotions de sa reconnaissance.

Elle alla s'asseoir, et d'Avignon se
plaça à côté d'elle. Ils ne furent pas
plutôt assis, que mademoiselle d'Arneau, courant légèrement et avec grace
à travers la chambre, prit la place va-
cante de l'autre côté d'Adonia. Elle se
mit alors à lui faire des complimens
de condoléances sur son dernier accident avec une sympathie affectée,
entrelardés de tems en tems de quelques
vives saillies pour l'oreille du comte ;
elle ridiculisa sa timidité, et s'amusa
ensuite à faire des remarques sur la compagnie. Elle dit que c'était vraiment
un auditoire fort impartial ; car les mé-
prises ou les beautés lui étaient égale-

ment agréables. « C'est là l'agrément
des concerts particuliers ! on y entend
une si bonne critique ! même cette singulière *échappée* que vous fîtes, Adonia,
au milieu de votre chanson, ne produisit aucune nouvelle émotion : tout le
monde parut aussi calme et aussi heureux qu'auparavant, et vous applaudit
avec autant de bonne humeur que lorsque vous nous étonniez véritablement
par votre exécution. Ce n'est pas sur-
prenant, » ajouta-t-elle, « l'exécution
de mademoiselle d'Anville est si irrésistible, qu'ils trouvent tous leur intérêt à
paraître conteus ; car, en prenant un
air de tristesse, ils ne feraient qu'augmenter le triomphe malicieux de leur
petit tyran. » « Vous parlez au figuré,
je crois, » dit le comte, « et si c'est
là le signe par lequel vous jugez votre
propre exécution, je ferai à l'avenir
violence à mes sensations en *votre* présence, et j'aurai soin de prendre un
air de triste mécontentement. » « C'est
vraiment une résolution très-louable et
très-galante ! » répliqua la dame en
riant ; « et quand vous la mettrez en

pratique, je connaîtrai à présent vos
motifs, et je conclurai conséquemment
qu'à moins qu'il n'eût quelque frayeur
épouvantable de ma cruauté, ou quelque
profond chagrin à cacher, le gai, le
spirituel comte d'Avignon ne renonce-
rait pas aux applaudissemens dûs à son
esprit, à sa galanterie pour se soumettre à une restriction si contraire à
son caractère.

« Mais, de grace, ma chère, » en se
tournant vers Adonia, « quel était ce
joli jeune homme pensif à côté de l'orchestre, qui était courbé sur vous avec
un air d'adoration si respectueuse, les
yeux tout grands ouverts, et ses oreilles, sans doute, ne l'étant pas moins?
J'ai une curiosité irrésistible de savoir
qui il est et ce qu'il est, si c'est un
dieu ou un mortel; mais aucune de ces
créatures peu curieuses à qui je m'en
suis informée ne l'avait jamais remarqué
auparavant. Cependant il ne paraît pas
non plus que ce soit sa première appa-
rition sur la terre; car j'ai vu deux
ou trois donzelles du bon ton, qui sont
faites, j'en suis sûre, de chair et d'os,

l'accoster d'un air de contentement et
comme une ancienne connaissance. Je
vous prie, Adonia, dites-moi tout ce
que vous savez touchant lui ; car je suis
certaine que vous, au moins, vous ne
pouvez pas tout à fait l'ignorer. » « De
qui voulez-vous parler ? » dit Adonia
en rougissant profondément. « Je n'ai
vu, je pense, personne de cette description, c'est-à-dire, je ne me suis pas
aperçu qu'il me regardât d'une manière si particulière. Quoi ! vous le *con-
naissez* donc ? » s'écria mademoiselle
d'Arneau. « Ah ! jolie hypocrite ! allons,
dites-moi son nom, et je vous pardon-
nerai votre coupable rougeur. » Son
nom ! » répliqua Adonia, « vraiment
je ne le sais pas ; je ne l'ai vu qu'une
fois auparavant à l'Opéra-Comique,
et il était dans une autre loge, de sorte
que je ne l'ai pas entendu nommer. »
« Aimable franchise ! » s'écria le comte.
« Vous avouez donc que vous l'avez remarqué auparavant, autrement vous
ne l'auriez pas pu reconnaître, ni avoir
su sitôt à qui mademoiselle d'Arneau,
faisait allusion ? » « Je l'ai certainement

remarqué, « dit Adonia en se remettant et en prenant un air de fermeté.
« Il était si près de moi au spectacle ,
qu'il était presque impossible que je ne
le visse pas ; mais quand il aurait été
plus éloigné , sa belle figure aurait attiré
mon attention , et je ne conçois pas qu'il
y ait du mal à le reconnaître.» «Heureux
jeune homme ! L'instruirai-je de son bonheur , » s'écria le comte, « ou le laisserai-
je dans les angoisses de l'incertitude ?
Je suis prêt à m'acquitter de l'une ou
l'autre commission. « Ah ! Adonia , »
ajouta-t-il à voix basse, « vous servir éter-
nellement, vous être à jamais dévoué,
porter vos chaînes sans autre espoir
que celui de les porter toujours , serait
un esclavage dont un monarque pourrait se glorifier ! » Adonia vit que cette
dernière phrase était pour qu'elle l'en-
tendît seule ; mais sans faire semblant
d'y faire attention , elle ne répondit
qu'à la première partie de son discours ,
en disant qu'elle ne pouvait pas ajouter
beaucoup de foi à des offres de service
qu'on savait devoir être refusées ; et que ,
s'il voulait réellement l'obliger , il n'en

dirait pas davantage au sujet de l'A-
donis de mademoiselle d'Arneau, qu'elle
ne connaissait, ni ne se souciait de connaître.

« Vos propres paroles vous trahis-
sent, » s'écria le comte en branlant
la tête; « car qui a jamais vu une jeune
demoiselle si empressée à faire taire
le soupçon, à moins qu'elle ne soit convaincue que les causes qui lui ont donné
naissance sont d'un genre manifeste et
concluant ? Nous n'avons rien dit qui
pût indiquer de notre part une pareille
conviction, donc il faut qu'elle pro-
vienne de quelques suggestions secrètes
de votre cœur. Allons, avouez que cet
heureux jeune homme est l'objet d'un
intérêt plus qu'ordinaire. » « Et qui vous
a fait mon confesseur ? » dit Adonia en
s'efforçant de cacher l'augmentation de
son trouble sous une vivacité forcée.
« Non, non, monsieur, il faut vous *mor-
tifier davantage* avant de prendre la ca-
lotte et le bréviaire. » « Mais tout ce badinage ne me mène pas à mon but, » s'écria
mademoiselle d'Arneau; il faut que je
sache qui est ce bel étranger, et quel

droit peut avoir mademoiselle d'Anville
à son adoration silencieuse, puisqu'elle
dit ne pas le connaître. Pauvre simple
strephon! il paraît véritablement tout
à fait novice dans ce genre de culte,
ou, selon moi, il n'aurait point un air
si larmoyant. Allons, Adonia, avouez
la vérité, et soulagez ma curiosité, ou
je voue ici à ce prétendu révérend père,
que, si je viens jamais à portée des facultés auriculaires du jeune homme, il
saura exactement le nombre de fois que
vous avez rougi; et, d'après mon calcul, le nombre de soupirs que vous avez
poussés pour lui en secret. »

« Je vous ai déjà dit, » répliqua
Adonia avec chaleur, « que je ne connaissais pas du tout la personne dont
vous parlez, et je suis surprise que vous
persistiez dans cette raillerie d'enfant,
tandis que vous voyez qu'elle fait de la
peine. » « Et moi, » dit mademoiselle
d'Arneau, « je suis encore plus surprise
qu'elle *puisse* faire de la peine; car je
m'imaginerais que c'est la chose la plus
délicieuse du monde d'être plaisantée
au sujet d'un pareil Adonis, comme

vous l'appelez avec beaucoup de justesse, plus particulièrement encore si
j'étais convaincue d'être sa Vénus.

« Je ne puis du tout concevoir comment on peut prendre la mouche en pareils cas. Le pauvre jeune homme paraît
aussi tout à fait mélancolique; il n'a
pas encore appris l'art de sourire sous
le poids du malheur; mais j'aurai certainement la charité de le lui enseigner, si je puis jamais l'avoir sous ma
tutelle; car rien ne donne à la figure
un air plus défavorable que ces tristes
sympathies où l'on voit tout sans qu'il
soit besoin de paroles. » Et où est cet
heureux jeune homme qui a le bonheur
d'être l'objet de vos tendres soins? »
dit le comte. « Oh! je ne fais que me
le rappeler, » répliqua mademoiselle
d'Arneau. « Dieu sait ce qu'il est devenu! Quand la déesse qu'il idolâtrait
fut mise en fuite, il se retira, je crois,
dans quelque coin pour s'évanouir; et
comme il est depuis devenu invisible,
il y a tout lieu de craindre qu'il n'a
pas survécu à ce choc. Cependant il serait peut-être encore possible de le
sauver,

sauver, si nous allions vous et moi à
sa recherche : quelqu'une de nous de-
vrait réellement le chercher ; et si ce
n'était la crainte de paraître ingrate
envers ces bonnes gens qui jouent si
sérieusement leurs chefs-d'œuvres pour
nous obliger, j'ordonnerais qu'on sonnât
sur-le-champ la cloche du souper, afin
que la compagnie se dispersât, et que
nous découvrissions sa cachette. » « Ne
montrons-nous pas déjà cette ingrati-
tude à laquelle vous faites allusion ? »
dit Adouia : « j'avoue que je serais dé-
contenancée, si je voyais mes auditeurs
plus charmés du son de leurs propres
voix, que de celui de ma musique, et
j'avoue que je pense qu'il n'est point
dans les règles de la politesse de faire
paraître une pareille préférence à présent. »

Mademoiselle d'Arneau soutint qu'il
était de l'essence de la politesse que
chacun cherchât son bonheur où il le
trouvait, pourvu qu'il ne fût pas en
guerre ouverte avec le reste du monde,
et elle continua à rire et à parler,
jusqu'à ce que son caquet eût attiré au-

tour d'elle un groupe de jeunes gens, qui n'avaient été empêchés de la joindre que par leur différence de foi sur les principes de la politesse. Mademoiselle d'Arneau n'était cependant pas la seule pierre d'aimant qui les attirait ; et le comte d'Avignon, qui était piqué même jusqu'au point de paraître malhonnête de ce qu'elle avait interrompu le débit des flatteries qu'il préparait pour Adonia, gardait alors un morne silence, en s'apercevant que les jeunes messieurs qui les avaient joints étaient plus empressés d'attirer les modestes regards de cette dernière, que d'écouter les effusions de coquetterie de sa légère compagne. Mademoiselle d'Arneau s'aperçut bientôt qu'elle avait une dangereuse rivale dans Adonia, et redoubla ses efforts pour attirer exclusivement leur attention. Elle s'adressait à l'un d'un ton de douceur et de complaisance, et étalait sur son visage toutes ces graces séduisantes de tendresse et de bonne humeur qu'elle savait si bien commander; elle répondait à un autre avec une indifférence dédaigneuse, tandis qu'elle

accordait à un troisième la faveur d'une
affable inclination de tête, pour le réconcilier avec la nécessité de sa négligence actuelle de son discours.

Adonia était cependant entrée en conversation avec quelques-uns d'eux, et
la belle coquette se trouva éclipsée.
La flatterie devint même languissante,
et l'admiration parut se fixer toute
entière sur Adonia. Sa beauté simple,
la douceur modeste de ses manières
et sa vivacité non effectée avaient ici
tout l'avantage du contraste. Les jeunes
gens s'efforçaient tous d'attirer son attention, et paraissaient même avoir oublié que mademoiselle d'Arneau fût
présente. La spirituelle, la belle mademoiselle d'Arneau, l'idole de la mode,
ne pouvait comprendre ce que voulait
dire tout ceci. Les hommes, suivant
elle, étaient ensorcelés, ou avaient tous
perdu l'esprit. A la vérité, la nouveauté
a des charmes; et quand cela serait
passé, personne ne pourrait préférer la
timide Adonia, avec son visage et ses
manières enfantines, à elle qui possédait toutes les graces, et une beauté

qu'on l'avait assurée devoir être susceptible d'embraser des empires, ou de
surpasser les divinités de la fable. Elle
se consola néanmoins en réfléchissant
que c'était à sa propre négligence qu'elle
devait attribuer cet abandon momentané de ses humbles esclaves; et que,
lorsqu'elle voudrait user de tous ses
moyens, (ce qu'elle ne se souciait
pas de faire actuellement, parce que ce
serait flatter leur vanité) il faudrait
bien qu'ils retournassent dans le devoir.

Pleine de ces réflexions, elle tira de
sa poche, avec l'air de la plus grande
indifférence, une copie de vers à sa
louange, qui lui avait été envoyée la
veille, et s'amusa à les lire. Elle aurait bien voulu qu'il eût pris fantaisie
à quelqu'un de la compagnie de lui demander la lecture de ce joli poème;
mais il arriva que personne ne devina
le sujet de ses contemplations, autrement cette requête aurait indubitable-
ment été faite, et elle le remit dans
sa poche avec le plus grand sang froid.
En faisant cela, elle aperçut le jeune

étranger qui avait si fort engagé son attention. Se dérobant tout doucement de
derrière un groupe de dames avec lesquelles il avait conversé, il traversa la
salle, et vint s'asseoir presque vis-à-vis de
mademoiselle d'Anville et de sa compagnie. Mademoiselle d'Arneau ne put
résister à cette occasion de vexer Adonia, qui avait maintenant un peu
excité sa jalousie, et qui, l'ayant aussi
remarquée, évitait en rougissant ses regards. « Il vit ! il meut ! il respire ! »
s'écria mademoiselle d'Arneau d'un air
de triomphe bien calqué pour donner
un nouvel éclat à ses yeux, et un mouvement gracieux à son bras qui déploya
avec le plus grand avantage le contour
de ses beautés. « Adonia, l'édition
in-12 de toi et de ta harpe, dont j'avais
dessein d'orner son tombeau, sera maintenant brodée sur sa veste dans l'endroit le plus près du cœur ! Ne rougis
pas, tendre vierge ! réjouis-toi plutôt
qu'il soit encore existant. Regarde : ses
yeux sont humblement tournés vers toi,
quoique leur éclat, comme une lampe
expirante qui sollicite l'assistance d'un

flambeau ardent, soit presque éteint :
Daigne leur accorder un coup d'œil,
et ils brilleront d'un nouveau lustre.
Cette ombre ténébreuse n'obscurcira
plus sa triste physionomie, et ses cheveux châtains, jetés machinalement en
arrière, cesseront de voiler les graces
de son front d'albâtre. Déjà, comme
persuadé de ta pitié, vois comme il les
écarte de son visage ! Encore, sûrement quelque sylphe bienfaisant lui
inspire de dévoiler ses joues pâles, sur
lesquelles les traces de larmes récentes
ne sont que trop visibles ! Sûrement il
sait déjà que ton cœur est plein de
sympathie et de compassion ! » « Oh !
pour l'amour de Dieu, cessez, » dit
Adonia en lui mettant la main sur la
bouche, et en s'efforçant en vain de paraître indifférente, après avoir auparavant fait plusieurs efforts inutiles pour
la faire taire. « Vous avez tout à fait
détruit le plaisir de notre partie car-
rée. J'aurais pu l'entendre continuellement. » « Dites plutôt que vous auriez
pu continuellement prêter l'oreille à
mon discours. » « Vraiment, » répliqua

Adonia rudement, « je n'ai rien vu d'admirable dans ces gestes étranges et peu naturels, et dans cette manière romanesque de parler touchant je ne sais quoi. Je suis sûre qu'elle n'avait rien de naturel, et ce n'était qu'une manière extravagante de *jouer la comédie*. Si vous aviez été sur le théâtre, vous auriez été sifflée. » Les jeunes gens sourirent ; mais jugèrent qu'il était plus sage de ne point faire de commentaire ; et le comte, avec un regard satirique, mais composé, les yeux fixés sur mademoiselle d'Arneau, en s'adressant à Adonia : « C'est la nature elle-même, je vous assure ! Mademoiselle d'Arneau n'a jamais joué de sa vie aussi naturellement. » « Ni, » dit mademoiselle d'Arneau, « le comte d'Avignon jugé avec plus de candeur. Mais allons, » ajouta-t-elle en adoucissant la voix, et en lui lançant un regard malin, « vous et moi, qui connaissons toutes nos perfections respectives, nous n'ayons pas besoin de nous faire de complimens. »

« Oh ! que je voudrais que cette leçon soporifique fût finie, afin que

vous pussiez recevoir les complimens
de quelqu'autre ! » dit le comte ; « car
on dit que nous devons avoir un second
échantillon de votre talent vocal quand
cette pièce-ci sera finie. » « Un autre?
dit Adonia. Cécile n'a pas encore
chanté. » « Elle a parlé, dit le comte,
affectant de sourire ; « et ce discours,
n'ayant été accompagné que de mes
soupirs et de mes rougeurs, sera sans
pareil par sa simplicité et son naturel.
Vous ne trouverez pas tant de naturel
dans le chant, soyez-en sûre ; il faut
que mademoiselle d'Arneau chante *par
principes* ; dans la conversation elle est
au-dessus des règles, et n'obéit qu'aux
suggestions de son cœur. » « Voilà une
définition fort ingénieuse, vraiment, »
dit-elle, » quoiqu'elle ne soit pas logi-
quement exacte ; car il me paraît qu'il
est plus ordinaire de parler que de chanter ; et être dirigée par les suggestions de
son propre cœur, c'est, d'après les
sages, une espèce de gouvernement
beaucoup plus difficile que toutes les
règles de l'usage mises ensemble. Mais
réellement, comte, je suis tout à fait

lasse de vous. Votre esprit est si satirique
ce soir, que ni mon cœur ni ma tête
ne sauraient me défendre contre vous. »
Ce babil fut ici interrompu par la
demande que l'on fit d'entendre chanter
mademoiselle d'Arneau, et l'embarras
subséquent de *qui aurait* l'honneur de la
conduire à l'orchestre. Le comte d'Avignon resta opiniâtrément assis auprès
d'Adonia, et conversa tout d'un coup
fort sérieusement avec elle. Les jeunes
messieurs se levèrent ; mais ils paraissaient tous craindre de quitter leur
place. A la fin, le chevalier Bellazel
s'avança pour accompagner la belle
Cécile, et s'excusa de son hésitation en
disant gaîment, et d'une manière insouciante, que, comme mademoiselle
d'Arneau venait de reconnaître le
comte pour son vainqueur, il avait suspendu sa demande pour voir si M. d'Avignon ne prétendrait pas lui donner la
main lui-même.

Mademoiselle d'Arneau avait cependant vu pleinement la cause de son hésitation, et les regards de répugnance
qui s'étaient passés entre les jeunes

gens ne lui avaient pas échappé. Elle
fut plus piquée de son excuse que de sa
première offense. « Non, non ! » répliqua-t-elle fièrement en retirant sa main
qu'il avait prise, « je ne dois pas être accompagnée par *principes* : » et, appelant
Théodore d'Anville, l'aîné des frères
d'Adonia, elle lui donna la main, et,
d'un air de badinage, lui dit de lever la
tête, et d'être sensible à l'honneur qu'elle
lui faisait. Le petit Théodore lui baisa
la main avec beaucoup de grace, et la
conduisit vers l'orgue avec autant de
galanterie et d'orgueil que l'aurait pu
faire tout petit maître de sa suite. Là,
après une superbe et brillante ouverture, elle commença un air italien bien
adapté à la modulation de sa voix; et
comme elle ne fut pas interrompue par
aucune de ces sensations de timidité qui
avaient empêché l'exécution d'Adonia,
elle finit avec autant d'aisance qu'elle
avait commencé. Elle se mêla ensuite
à la compagnie, toujours conduite par
Théodore; mais elle ne revint pas vers
le groupe qu'elle avait quitté. Peu de
tems après, à son grand étonnement,

Adonia l'aperçut en conversation avec
le bel inconnu, riant avec lui, et ayant
l'air d'être sur le pied d'une ancienne
connaissance. Le cœur d'Adonia palpita à cette vue, et sa joue devint
pâle. Elle fit alors, pour la première
fois, quelque comparaison entre elle-
même et mademoiselle d'Arneau, et
s'imagina être entièrement éclipsée.
Elle avait toujours cru que cette demoiselle la surpassait en beauté; elle
pensa qu'elle était alors plus belle que
jamais, et qu'elle avait elle - même
moins de charmes. Intérieurement mécontente et jalouse des appas de son
amie, elle l'aurait presque souhaité
moins attrayante, et desirait que l'étranger la vît avec indifférence.

Avec une satisfaction qu'il serait impossible d'exprimer, elle le vit enfin
quitter mademoiselle d'Arneau, qui s'é-
tait retournée pour parler à une dame
derrière elle; il profita de ce moment
pour s'en aller. Le cœur d'Adonia fut
au comble de la joie. « Il n'admire
point Cécile, » dit-elle, « ou il ne l'aurait pas quittée sitôt. » Les avis de

mademoiselle Belmour se présentèrent
alors subitement à son esprit comme
des accusateurs, et changèrent ce triomphe momentané en reproches intérieurs;
et cette sensation fut encore plutôt augmentée que diminuée, quand, quelques
minutes après, mademoiselle d'Arneau,
qui était trop volage pour conserver du
ressentiment, vint en souriant reprendre
son premier siége. Adonia espéra alors
savoir quelques nouvelles de l'inconnu,
mais n'osa en demander, et mademoiselle d'Arneau sembla l'avoir tout à
fait oublié; à la fin, après un torrent
de paroles, (qu'Adonia écoutait avec
empressement, dans l'espoir qu'il se
présenterait une occasion de faire venir
sur le tapis l'objet de sa curiosité)
mademoiselle d'Arneau s'écria soudainement: « Ah! voilà là-bas votre berger
inconnu, qui vient pour me rappeler
ma promesse, ou, plutôt, qui a l'air
de le desirer; car le pauvre innocent
n'oserait pas, j'en suis sûre, quand son
existence en dépendrait, faire une seconde fois une telle violence à sa modestie. Savez-vous qu'il m'a prié de

l'introduire à vous qu'il m'a parlé
d'être venu trop tard pour vous présenter ses respects avec les autres; il
avait l'air si gauche et si stupide, et
paraissait si aveugle, sourd et muet à
mes charmes, et tellement épris des
vôtres, qu'ayant compassion de lui, et le
lui pardonnant, je promis de lui accorder sa requête en tems et lieu con-
venables. » « Qui est-il donc? » dit Adonia avec une tranquillité affectée. « Je
vais vous dire tout ce que je sais sur son
compte, » répliqua mademoiselle d'Arneau ; « mais puisque, sur un sujet aussi
intéressant, on ne saurait entrer dans
trop de détails, permettez - moi de
prendre le commencement de mon aven-
ture. Bien donc, lorsque j'eus fini mon
air, ne sachant pas exactement ce que
je devais faire, (car dans l'effervescence
d'une certaine indignation, que je n'ai
pas besoin d'expliquer, je ne me sou-
ciais pas de revenir dans votre voisi-
nage) prenant mon petit écuyer par
la main, j'allai m'asseoir à côté de cette
ressemblance frappante de Vénus devenue janséniste, madame Bellazel; et

après avoir éprouvé le tourment d'é-
couter son assommante conversation
touchant les récompenses et les punitions
d'un monde futur, pour avoir à peine
vécu dans celui-ci, j'allais la quitter
pleine de remords de toutes les fautes
qui avaient pu me soumettre à une pareille pénitence, lorsque je fus arrêtée
par votre *Cymon*, (car voilà son *vrai*
nom) qui vint auprès du petit Théodore, et le regarda comme s'il avait
rencontré une ame semblable à la sienne.
Théodore laissa voir aussi des signes de
plaisir, et ils conversèrent agréablement
jusqu'au moment où j'interrompis leur
tête à tête, en demandant à l'oreille de
Théodore, assez haut cependant pour
être entendue, qui était ce beau jeune
homme. Madame Bellazel poussa un
gémissement, et tourna les yeux en l'air,
comme si j'avais violé tous les com-
mandemens du décalogue, lorsqu'elle
aurait pu voir que je n'en voulais qu'au
huitième. Mais il faut que je mette fin
à ma narration : ne voyez-vous pas qu'on
a baissé le rideau ? La bonne compagnie
brûle de passer dans la salle de bal,

et nous ne devons pas retarder ses progrès. » En disant cela, elle se leva, et Adonia fut obligée de suivre son exemple, sans avoir satisfait sa curiosité. Le comte d'Avignon, engagé malgré lui en conversation avec la marquise d'Estreaux, et quelques autres dames, ne remarqua qu'elles étaient levées que trop tard pour réclamer son privilége accoutumé d'accompagner Adonia. Sa main était déjà prise par le jeune comte de Narsom; et d'Avignon, en lançant un regard de ressentiment à Adonia, et en prenant un air de soumission envers mademoiselle d'Arneau, offrit sa main à cette dernière, en la priant en même tems d'ensevelir la mémoire de leurs hostilités passées dans un généreux oubli. La beauté sans rancune sourit, et témoigna son assentiment par un signe de tête. De Bellefond conduisit la marquise d'Estreaux, et l'on arriva à la salle de danse. Le bal s'ouvrit à l'instant, et continua avec beaucoup de vivacité.

Adonia, charmée de déployer un talent dans lequel elle excellait, et auquel elle

prenait beaucoup de plaisir, et enchantée
de l'esprit et de la galanterie des jeunes
cavaliers qui venaient successivement
solliciter l'honneur de danser avec elle,
perdit pour le moment toute cette curiosité que *l'inconnu* avait excitée. Son
père paraissait ignorer que ce jeune
homme ne lui eût pas été présenté, et
mademoiselle d'Arneau négligeait d'ac-
complir une promesse qu'il était trop
modeste pour lui rappeler. D'Avignon,
irrité de l'inattention d'Adonia et du
plaisir qui étincelait dans ses yeux en
rendant les complimens et en recevant
les assiduités de la foule joyeuse
qui l'environnait, affecta de donner
toute son attention à mademoiselle
d'Arneau, et resta avec elle toute la
soirée. D'après le succès d'une semblable manœuvre, il espérait que ce
changement apparent piquerait au
moins l'orgueil d'Adonia, s'il n'alar-
mait pas sa tendresse. Mais cette fois-
ci sa politique ne réussit pas. Depuis
la première fois qu'elle avait parlé à
d'Avignon, Adonia avait bien changé
d'opinion à son égard : elle avait tant

vu d'hommes plus jeunes et plus beaux
que lui, qu'elle ne le regardait plus
comme *le plus charmant homme du
monde*, et la particularité marquée de
ses assiduités auprès d'elle l'avait depuis peu gênée et alarmée.

Elle l'estimait beaucoup, et ne pouvait quelquefois s'empêcher de trouver
du plaisir à ses flatteries; mais il y
avait dans l'idée de son amour quelque
chose qui répugnait à son cœur, et elle
n'était pas assez coquette pour encourager les espérances d'aucun homme
que son cœur rejetait. Ce soir-là elle
était particulièrement contente d'être
délivrée de ses assiduités; et tandis qu'il
la croyait tourmentée par les aiguillons de la jalousie, elle se réjouissait
de ce qu'il l'avait abandonnée.

La nuit était fort avancée quand Adonia, fatiguée de danser, et excédée de
conversations où il y avait peu de commentaires satisfaisans pour l'esprit, saisit
l'occasion de se dérober seule sans être
aperçue, et de passer dans une chambre
voisine où l'air pénétrait à travers des
jalousies à la venitienne. Elle avait fort

chaud; et sans réfléchir aux suites probables de ce changement subit et violent
de température, ou sans observer si
quelqu'un était dans la chambre avant
elle, elle courut vers une des fe-
nêtres, où, s'asseyant, et écartant la
jalousie, elle reçut tout le courant de
l'air de la nuit sur son visage et sur sa
gorge. « Bon dieu ! madame, » s'écria
une voix de derrière elle, « vous n'avez
pas dessein de vous faire mourir ! Permettez-moi de vous prier de vous ôter
de la fenêtre. » Adonia obéit implicitement ; car elle avait alors reconnu le *bel
inconnu*. Surprise et embarrassée, elle
tressaillit involontairement, et garda le
silence : une profonde rougeur se répandit sur son visage. La confusion
de l'inconnu n'était pas inférieure à la
sienne ; et craignant d'avoir offensé par
son intrusion, il parut pendant quelques
momens incapable de s'excuser ou de
continuer ce qu'il avait à dire, et
Adonia fut la première à se remettre.
Le remerciant gracieusement du soin
qu'il prenait d'elle, elle lui dit « que
sans doute il n'avait pas négligé de

prendre pour lui la même précaution
qu'il lui avait conseillé d'adopter. — Son
embarras s'évanouit alors graduellement : il s'excusa de la liberté qu'il
avait prise ; et en conversant ensemble,
Adonia le trouva tout ce qu'indiquait
sa physionomie, sensible, animé et délicat. Après quelques remarques sur la
compagnie, et les amusemens de la
soirée, elle revint sur la circonstance
qui l'avait introduit à elle, et témoigna
ses regrets de ne pas savoir *à qui* elle
était si redevable.

Il répéta alors tout ce qu'il avait dit
auparavant à mademoiselle d'Arneau,
et regretta que son arrivée tardive l'eût
privé de l'honneur de lui être présenté
en tems convenable. Mais, » dit Adonia en souriant avec cette innocente
franchise qui n'entendait point de mal,
et qui, conséquemment, n'en appréhendait pas, « comme notre connaissance
est déjà commencée, je crois que vous
pouvez vous annoncer vous-même. Comment faut-il que je vous appelle ? » « Mon
nom, mademoiselle, » dit-il en hésitant, « est Ferdinand Saint-Loudon. Je

suis un des parens du comte d'Avignon. »
« Saint-Loudon ! » s'écria Adonia avec
vivacité. « Je suis surprise que le comte
ait négligé de vous présenter lui-même !
J'ai souvent entendu mon père parler
de vous, et le comte d'Avignon aussi.
Vous demeurez avec lui, je crois ? »
« Oui, mademoiselle ; je n'ai jamais
connu d'autre père. » « Eh bien ! il est
si drôle, qu'il ne m'a pas dit qui vous
étiez ! » ajouta-t-elle en ruminant, et
se rappelant subitement que ces usages
qu'elle avait si récemment appris pourraient peut-être la taxer d'inconvenance de rester ainsi seule avec un
homme qu'elle connaissait depuis si peu
de tems. Elle ajouta en rougissant : « Ne
ferions-nous pas bien de rejoindre la
compagnie ? Je ne suis plus fatiguée, et
l'on sera surpris de ma longue absence. »
Craignant alors qu'il ne crût qu'elle
voulait l'éviter, parce qu'elle avait découvert qui il était ; (car, hélas ! Saint-
Loudon n'était qu'un pauvre dépendant.) Elle lui dit avec beaucoup de
modestie et de douceur : « Si vous ai-
mez la danse, je vais vous donner une

occasion de déployer vos talens. Il faut
que vous sachiez que je me pique de
bien danser ; et si vous n'avez point
d'objection , nous danserons la pro-
chaine contredanse ensemble. » Elle
lui tendit à moitié la main , en s'a-
vançant vers la porte. Il s'arrêta , et la
porta respectueusement vers sa bouche.
« Ah ! mademoiselle , » dit-il avec une
émotion qu'il ne put plus contenir ,
« comment puis-je assez vous remercier
de cette aimable condescendance ! Peut-
être ne savez-vous pas... » Il s'arrêta ,
et relâcha sa main ; une rougeur subite ,
comme s'ils avaient été pris en flagrant
délit , se répandit sur le visage de chacun d'eux.... Le comte d'Avignon et
mademoiselle d'Arneau étaient à côté
d'eux. « Eh bien ! je vous ai dit qu'il
y avait quelque chose d'irrésistible dans
ces modestes sympathies , » s'écria la
dernière avec un sourire malin. Le
comte ne répondit que par un regard
d'ineffable mépris ; et Adonia , suivie
de Saint-Loudon , sortit à la hâte de la
chambre dans le plus grand désordre ,
quoique tout à fait incapable de s'expli-

quer à elle-même la cause d'un embarras
qui n'avait aucune liaison avec quelque
chose de criminel. Mais ce ne fut pas
là sa seule mortification.

Dans sa précipitation et son trouble
pour ouvrir la porte de la salle du bal,
qui n'était séparée de celle qu'ils venaient
de quitter que par un petit passage,
le ressort de son bracelet s'ouvrit, et
un des fils qui tenaient les perles s'é-
tant rompu, elles tombèrent toutes par
terre. Tandis que Saint-Loudon l'aidait
à les ramasser, ils entendirent le dia-
logue suivant dans la chambre voisine :

«Réellement, comte, votre jalousie
m'amuse singulièrement ; mais je vous
conseille de vous en défaire sans perte
de tems : car, quoiqu'elle puisse être
très-plaisante pour le spectateur philo-
sophe, elle ne vous fera pas de bien
auprès de la belle Adonia.» « Que
m'importe Adonia ! » dit le comte avec
aigreur. — Une fille faible et peu maniérée, qui ne pense qu'à la parure
et à la flatterie, on n'a qu'à la flatter,
et tout le monde peut la captiver. »

Vraiment, » ajouta la dame , « il faut
avouer que ma petite amie fait des progrès rapides dans l'art de la coquetterie, et j'en suis réellement fâchée, parce
qu'elle a de bonnes qualités. Je connais à la vérité très-peu de jeunes filles
à qui la coquetterie aille si mal ; car
elle a été faite pour le rôle contraire. »
« La vanité l'a perdue , » s'écria le
comte violemment. « Je l'admirais autrefois comme une jolie fille sans affectation , que la flatterie n'avait pas gâ-
tée; mais maintenant c'en est fait ; et tant
qu'elle montrera cet ardent desir pour
l'admiration universelle, cette maudite
importance si visible dans toutce qu'elle
dit ou fait, elle ne pourra jamais retenir les conquêtes momentanées de sa
beauté. » « Vous avouez donc , comte ,
que vous avez été son esclave? — mais,
à propos, comment avez-vous pu affecter de ne pas connaître ce joli jeune
homme qui vous a supplanté, Saint-Loudon? Vous saviez sûrement que c'était
de lui que nous parlions quand Adonia
rougissait si naturellement? » « Moi ! »
s'écria le comte : « comment pouvais-je

connaître l'imbécille, par la description
que vous en faisiez ? Mais ne parlons
plus d'eux, ma belle d'Arneau ! *mon
pauvre petit cousin de province est un
sujet trop insignifiant pour vous occuper vous ou moi ; et quant à mademoiselle Adonia, je suppose qu'elle renon-
cera volontiers à sa conquête quand
elle connaîtra celui qu'elle a captivé. »
Saint-Loudon se releva à ces derniers
mots ; une teinte de la plus grande indignation se répandit sur ses traits ; et
il se précipita vers la porte. « Restez,
pour l'amour de Dieu ! » s'écria Adonia,
en le retenant par le bras. « De quelle
folie allez-vous vous rendre coupable !
Croyez-moi, je méprise les insinuations du comte. Le vrai mérite est indépendant de la fortune. » Ah ! mademoiselle d'Anville ! » s'écria-t-il d'un ton
attendri, tandis qu'elle rougit de l'expression flatteuse qui lui avait échappé,
« que vous êtes bonne de m'enseigner
mon devoir, en vous efforçant de me
réconcilier avec moi-même ! La révolte
de ma part est vraiment le comble de
la folie ; car ne dépends-je pas de lui ? et
où

où ai-je un autre ami que *lui* ? et cependant j'allais ressentir ces effusions
précipitées d'une colère momentanée ! »
« Allons, entrons, » dit Adonia en
ouvrant la porte du bal : « nous arri-
vons déjà trop tard pour la danse. »
En disant cela, voulant terminer une
conversation qui était pénible pour tous
deux, elle lui donna sa main, et le
mena à une place parmi les danseurs.
Flatté de sa bonté, et charmé de la
douceur naturelle de ses manières,
comme il l'avait auparavant été de sa
modeste beauté, le ressentiment de
Saint-Loudon ne tarda pas à s'évanouir.
Il oublia la circonstance mortifiante
que les paroles de d'Avignon lui avaient
rappelée, et ne fut sensible qu'à l'influence ranimante de la condescendance
d'Adonia. Sa présence lui fit oublier
tout le monde, excepté elle ; son affabilité engageante fit disparaître la distance
de rangs, et mit le dépendant Saint-
Loudon de pair avec elle. Quoique très-
piquée de la conversation qu'elle avait
entendue touchant elle-même, et d'autant plus que son cœur l'accusait d'une

portion de cet amour d'admiration qu'on
lui imputait, que sa conduite n'avait
cependant jamais trahie, elle supprima
son dépit pour rassurer son danseur,
sentant que le regret ou le ressentiment
était actuellement superflu. Elle se
comporta le reste de la soirée avec une
vivacité douce, mais élevée, qui, en
montrant qu'elle avait reconnu ses torts,
démontra en même tems que sa raison
était aussi vigoureuse que ses sentimens
étaient délicats. Elle trouva bientôt
que Saint-Loudon n'avait point l'esprit
bas ni dépendant. Cultivé, doux, mais
énergique, il parlait fort peu ; mais
quand il parlait, c'était avec une vi-
gueur et une éloquence qu'elle n'avait
jamais entendu surpasser. Quoiqu'il y
eût dans ses manières un degré de timidité, cela ne le rendait que plus intéressant, mais ne pouvait cacher l'énergie d'une ame supérieure.

A deux heures, on annonça le souper.
Vers ce tems, la plus grande partie de
la compagnie était retirée, et le peu
qui restait avait été invité à finir la soirée, ou plutôt à commencer la mati-

née, à un petit souper de famille. Saint-
Loudon fut le seul jeune homme qui
restât, et mademoiselle d'Arneau était
du nombre des dames qui se retirèrent.
D'Avignon n'ayant donc plus la coquetterie de cette dernière pour exciter la
sienne, ou pour détourner son attention d'Adonia, ne put cacher le ressentiment avec lequel il la regardait, ni
la rancune qui enflammait son sein
contre Saint-Loudon. Sa conduite envers eux fut un air marqué de défiance
dédaigneuse, à laquelle Adonia, sur
qui il n'avait aucun droit, était trop indifférente pour y faire attention, et
qu'elle était trop fière pour ressentir,
quand même elle aurait éprouvé les sensations qu'il aurait desirées ; mais Saint-
Loudon souffrait alors les peines aiguës
de l'orgueil blessé, et éprouvait des
sentimens contraires au respect qu'il
lui devait comme son bienfaiteur.

Son esprit noble et susceptible était
affecté du regard courroucé d'un bienfaiteur. D'Avignon ne s'en tint pourtant
pas à son air dédaigneux, il lançait de
tems en tems des sarcasmes insultans,
des ironies cruelles, des insinuations

humiliantes, que personne ne pouvait
méprendre, et qui pénétraient Saint-
Loudon jusqu'à l'ame. Deux ou trois
fois ce dernier tressaillit, et manqua
mettre la main sur son épée. Adonia
veillait ses mouvemens, et redoublait
d'attention à son égard, pour encourager sa modération : à la fin le comte,
incapable de contenir plus long-tems sa
rage en voyant la préférence apparente qu'elle donnait à l'objet de sa jalousie, et la dignité ferme avec laquelle
elle supportait les effusions de son cour-
roux, se leva subitement. Après avoir
légèrement salué la compagnie, il ordonna à Saint-Loudon, d'un ton sévère,
de le suivre à la maison. Ferdinand hésita, et il allait répondre avec fierté,
quand Adonia, d'un air doux, mais résolu, lui fit une révérence d'adieux,
et lui jeta un regard expressif d'avis,
qui le calma à l'instant, et il suivit le
comte.

Aussitôt que les femmes furent re-
tirées, Adonia se hâta de se mettre au
lit, accablée de fatigue, agitée par une
multitude de sensations discordantes,

et assez indisposée de s'être imprudemment mise à la fenêtre ; mais le sommeil refusa de lui accorder sa bénigne
influence. Sa longue veillée extraordinaire l'avait entièrement banni, et les
évènemens de la soirée flottaient devant
elle en visions répétées et déchirantes.
La conversation mortifiante qu'elle avait
sans intention entendue, la violente et
visible jalousie du comte, ce qui confirma ses soupçons inquiétans qu'elle
était aimée de lui, et le sort pénible
de l'intéressant Ferdinand Saint-Loudon, occupaient tour à tour ses pensées, et redoublaient son inquiétude.
La première était ce qui l'affectait davantage ; car Adonia avait un amour
d'applaudissemens, un desir de louanges,
qui lui rendait très-cruel le plus léger
reproche et la plus petite réprimande.
Cette conversation lui avait ouvert les
yeux sur la vérité la plus contraire à
ses desirs, qui étaient d'être remarquable par la bienséance de sa conduite,
ici si sévèrement attaquée. Elle ne put
nier qu'elle n'eût depuis peu été plus
enivrée d'admiration que sa raison n'au

rait dû le lui permettre ; et , dans l'ingénuité de son cœur , elle ne doutait pas
que le comte ne l'eût observé , et qu'il
ne pensât réellement tout ce qu'il avait
exprimé. Mademoiselle d'Arneau aussi ,
qui connaissait encore mieux ses secrètes pensées, avait peut-être plus de
raison de la blâmer. Cependant, en réfléchissant à la sévérité de leur censure ,
qui était si peu conforme à l'amitié qu'ils
prétendaient avoir pour elle, l'orgueil
et le ressentiment eurent pendant quelque tems plus d'empire dans son sein
que le repentir de sa faute ; mais le ressentiment d'Adonia contre ceux qu'elle
estimait n'était pas de longue durée. Il
était difficile d'ébranler sa confiance en
leur affection ; car son attachement était
constant et solide.

Elle examina le sujet avec plus d'attention , et finit par justifier le comte
et mademoiselle d'Arneau de tout ce
qu'ils avaient dit : elle ne devait pas ,
ne pouvait même pas les blâmer d'une
censure que sa conduite n'avait que trop
probablement méritée. Ils n'avaient
parlé que comme elle aurait peut-être
fait , si elle avait remarqué des incon-

séquences dans la conduite d'une personne qu'elle aimait; et quoiqu'il y eût
quelque chose de dur dans leurs paroles,
ils étaient tous deux ses amis zélés; et,
entraînés par la chaleur de l'intérêt
qu'ils prenaient à elle, avaient été ir-
résistiblement induits à faire en particulier ces commentaires, qu'ils auraient
été fâchés de communiquer à d'autres.
Mademoiselle d'Arneau, la gaie, l'in-
sinuante Cécile, avait pris un tel as-
cendant sur son cœur confiant, que lors
même qu'elle était visiblement digne
de blâme, Adonia trouvait toujours
quelque chose pour l'excuser; et elle
était tellement intéressée à croire sincères ses protestations d'amitié, que,
quoique la plus attaquée par *sa* part de
la conversation, que par celle du comte,
elle ne voulut pas se permettre d'accuser cette *tendre amie* de médisance ou
de malhonnêteté préméditée. Saisissant
au contraire la première excuse qui se
présenta, elle attribua la facilité avec laquelle elle joignit ses remarques à celles
du comte à une certaine souplesse de
caractère qu'elle avait souvent observée

chez elle, qui la faisait acquiescer aux
opinions des autres, sans en considérer
la convenance.

C'est ainsi que le sein généreux et
brûlant de la jeunesse orne et embellit
l'idole de sa prédilection du reflet de
ses propres couleurs.

Adonia, fatiguée de rester au lit,
inquiète et mal à son aise, se leva avec
le point du jour, quoiqu'elle se trouvât
faible et indisposée, et que le sommeil
n'eût point fermé ses paupières. Mille
pensées déchirantes se succédèrent rapidement pendant qu'elle mettait ses
habits; et quelquefois un rayon secret
de plaisir, dont elle ne pouvait définir
la cause, donnait à son esprit une élé-
vation subite et momentanée. Saint-
Loudon errait dans son sein, quoiqu'elle ne pût l'y découvrir; elle par-
courut machinalement les appartemens
déserts, qui avaient si récemment relui
de l'éclat des lumières, et retenti des
doux sons de la musique, et entra enfin
dans la chambre où elle avait rencontré
Saint-Loudon. Tout était tranquille et
silencieux; aucun des domestiques n'é-

tait levé, et les volets n'étaient pas encore ouverts.

Le cœur d'Adonia battit plus vîte en se rappelant que c'était *là* qu'elle avait, pour la première fois, appris le nom du *bel inconnu*. Son imagination le lui représenta comme il lui avait paru la veille, en se tournant de la fenêtre, au son inattendu de sa voix. Elle vit sur son visage la même expression d'une anxiété timide ; elle remarqua de nouveau l'empressement avec lequel il la pria de faire plus d'attention à sa santé. Elle s'assit involontairement sur la même chaise qu'elle occupait alors, et se tourna encore vers la jalousie, comme si elle s'était attendue que sa voix l'en eût rappelée une seconde fois. Les rayons du matin, pénétrant à travers les fentes des volets, jetèrent un peu de lumière dans l'endroit, et elle n'y resta pas long-tems assise sans apercevoir par terre un papier plié comme une lettre. Se rappelant qu'elle avait égaré un billet qu'elle avait dessein d'envoyer à mademoiselle Belmour ; (qui n'avait pu s'absenter de

G 2

la cour pour venir au bal) et croyant
que ce l'était, elle le ramassa et l'examina. Ce n'était cependant qu'un morceau de lettre dont l'adresse était dé-
chirée. En s'approchant de la fenêtre,
elle vit que ce n'était pas son écriture ;
mais presque le premier mot qu'elle
aperçut fut son propre nom. Quelque
chose lui suggéra qu'elle n'avait pas
droit d'en lire davantage ; mais la curiosité l'emporta ; et, le cœur et le visage dilatés, elle lut ce qui suit :

« Mon ami, ce n'est que trop vrai !
Je ne voudrais pas découvrir à un autre
une faiblesse si romanesque ; mais vous
l'avez deviné, et vous savez me plaindre, Adonia d'Anville est véritablement
à la fois mon supplice et le seul rayon
qui dore mon existence ; mais il faut
qu'à l'avenir je cesse de regarder de ce
côté-là. Un pauvre diable comme moi,
enchaîné, dépendant, que la fortune a
destiné à un sort bien différent . . . .
un maudit sort qui a déjà détruit mes
espérances et mon bonheur ! ... Qu'ai-je
à espérer ? sinon un accroissement de
maux, en encourageant une passion in-

compatible avec mon état, et blâmable
et absurde aux yeux de la raison. Mais
c'est en vain que je m'efforce de bannir
son image, elle s'attache à mon cœur
avec opiniâtreté, et plus je me débats
contre elle, plus je me trouve resserré
dans ses chaînes. Vous dites que je ne la
connais pas ; que parce qu'elle a un
beau visage j'ai donné à son esprit les
mêmes charmes. Mon ami, vous n'avez
jamais vu ce visage, autrement vous y
auriez lu des caractères que l'on ne saurait méprendre. J'ai beaucoup d'obligations au comte d'Avignon ; mais.... »

Le reste de la lettre était déchiré, et
la signature n'y était plus. Mais le cœur
d'Adonia y suppléa. Elle desirait que
l'auteur de cette lettre fût Ferdinand, et
elle n'eut pas de peine à croire ce que
toutes les circonstances semblaient confirmer.

Quoiqu'elle fût touchée des combats
intérieurs qu'il avait à soutenir, elle
éprouvait plus de plaisir que de peine
de la découverte qu'elle avait faite ; et
l'idée d'avoir tellement excité son intérêt, même lorsqu'elle lui était incon-

nue, ne flatta pas moins sa vanité que
son cœur. Ce triomphe ne fut cependant que momentané. Elle était alors
trop faible pour supporter long-tems le
plaisir, et c'était ici un plaisir que la
raison ne pouvait justifier ; car, que
pouvait-il y avoir de plus absurde qu'une
passion ainsi décrite par un individu qui
connaissait si peu son objet ? et que
pouvait se promettre Adonia de l'en-
couragement d'une prédilection si pré-
cipitée et si romanesque que celle qui se
glissait déjà si rapidement dans son
cœur ?

Quand elle parut au déjeûner, son
extrême pâleur et sa langueur cau-
sèrent de sérieuses inquiétudes ; et son
père, la grondant tendrement de s'être
levée de si bonne heure après la fatigue
de la veille, la pria de retourner dans sa
chambre, et de tâcher de recouvrer ce
manque de repos qu'elle lui avait avoué :
mais elle l'assura qu'il lui était maintenant impossible de dormir ; et, affectant
un air de gaîté, elle ajouta que, comme
elle attendait une visite de son médecin

ce matin, elle voulait au moins savoir le résultat d'une consultation.

Le médecin attendu était mademoiselle Belmour, qui, pour la dédommager de ce qu'elle n'était pas venue au bal, avait promis de passer la matinée avec elle, pour l'aider à recevoir cette foule d'individus que l'usage ou l'oisiveté rassemblerait autour d'elle pour lui faire leurs complimens après la fête du jour précédent. Adonia, quoique vraiment fatiguée et malade, avait trop d'envie de recevoir *quelques-unes* de ces personnes pour avouer son indisposition à son père. Cachant la langueur de son visage sous une gaîté affectée, elle parvint enfin à lui persuader que sa pâleur ne provenait que du manque de sommeil; qu'il ne pourrait la dissiper qu'au tems accoutumé. Le marquis avait été plus long-tems absent de Versailles qu'à l'ordinaire; et ayant reçu ce jour-là un courrier pour demander sur-le-champ sa présence, il fut très-aise d'apprendre qu'elle aurait mademoiselle Belmour avec elle. Après l'avoir avertie de prendre garde à sa santé, il la pressa tendrement contre son sein, et lui dit adieu.

Il n'y avait pas long-tems qu'il était parti, qu'elle fut surprise de le voir revenir. La seconde fois qu'il entra dans la chambre, il fixa ses regards sur elle avec une émotion particulière; et, sans prononcer une seule parole, s'assit à côté d'elle. « Mon cher papa, » dit-elle, » je pensais que vous alliez à Versailles; pourquoi êtes-vous sitôt revenu? » « Je suis venu, » dit de Bellefond en hésitant, « pour vous recommander une seconde fois de prendre soin de votre santé : vous n'avez pas bonne mine, m'amour, et cela me fait de la peine de vous laisser dans un état qui ne vous est point ordinaire. » Il s'arrêta, comme s'il n'eût su qu'ajouter, et Adonia crut apercevoir une larme dans ses yeux; mais cela était trop fréquent pour lui causer aucune alarme, et elle répondit d'un air d'enjouement : « Vous autres courtisans êtes si accoutumés à ne voir que des visages enluminés, qu'un teint humble et sans rouge comme le mien vous étonne.... Croyez-moi, je suis parfaitement satisfaite de l'air que j'ai actuellement, et je vous supplie de ne pas me mettre de mauvaise humeur avec moi-même. » De Bellefond ne fît point de réplique, et, quelques minutes après, il ajouta : « Il y a une autre chose que je vous recommande : ayez toujours madame Brumelle auprès de vous ; elle sait mieux que personne ce qui est propre à votre santé, et c'est une fidelle domestique, sur l'attention de laquelle je puis compter. » Il s'arrêta de nouveau, puis regardant à sa montre, il s'écria qu'il était près d'onze heures. « Et à quelle heure vous attendrai-je ? » dit Adonia : « vous serez ici pour dîner ? » « Pour dîner ? » répéta-t-il : « oui, certainement, si je puis. » Il prit alors son chapeau, et, la baisant à la hâte, sortit précipitamment. Adonia avait à peine eu le tems de réfléchir à la singularité de sa conduite, que l'arrivée de mademoiselle Belmour amena une nouvelle série d'idées.

Brûlant de déposer ses pensées dans le sein de cette amie qu'elle appréciait plus que jamais, (quoiqu'elle ne *voulût* pas avouer un relâchement d'estime

pour mademoiselle d'Arneau) Adonia
lui raconta à la hâte tous les évènemens
de la veille, et reçut les avis et les
commentaires de mademoiselle Belmour
avec plus de candeur et de reconnaissance qu'à l'ordinaire. Mais quand
mademoiselle Belmour la blâma de
cette chaleur avec laquelle elle décrivait sa prédilection pour Saint-Loudon,
ses manières engageantes, et l'élégance
de sa personne, elle se trouva trompée
et affectée, et ne fut pas aisément
convaincue de la justice de ce blâme.
Elle résolut néanmoins d'être plus sur
ses gardes à l'avenir par rapport à lui,
et sa résolution ne tarda pas à être mise
à l'épreuve; car on annonça immédiatement le comte d'Avignon : et, à son
grand étonnement, quoique ce ne fût
que ce qu'elle desirait le plus ardemment, il était suivi de Saint-Loudon.

Il n'y avait plus sur le visage du
premier aucune trace de la mauvaise
humeur de la veille. Il avait un air
gai et aisé; et après s'être informé
avec une tendresse respectueuse comment Adonia se trouvait de ses fati-

gues, et salué mademoiselle Belmour,
il présenta Saint-Loudon à cette dernière comme un jeune parent qu'il
estimait beaucoup; puis, se tournant
vers mademoiselle d'Anville , il dit
« qu'il espérait, comme elle avait déjà
fait connaissance avec lui, qu'il n'avait
pas besoin de lui faire connaître qu'elle
trouverait que ce serait une agréable
acquisition pour sa société. » Si la confusion d'Adonia lui avait permis d'observer Saint-Loudon avec attention,
quand le comte faisait cet éloge, elle
aurait lu dans ses traits plus d'indignation que de modestie ou de plaisir.
Mais osant à peine lever les yeux,
elle resta dans le silence et embarrassée,
sans faire attention à autre chose qu'à
son propre trouble, dont elle sentait
parfaitement l'étrange apparence, et
rougissant d'autant plus, qu'elle sentait
qu'elle avait rougi.

Mademoiselle Belmour s'efforça ami-
calement de la soustraire à l'observation
de d'Avignon, en adressant immédiatement la parole à ce dernier sur les
nouvelles du jour; et, faisant semblant

d'y prendre un grand intérêt, elle l'o-
bligea à faire attention à elle. Avec
l'œil pénétrant de la jalousie, il avait
cependant déjà remarqué le grand embarras d'Adonia, et remonté vers sa
source. Mais il avait ses raisons pour paraître aveugle, ce qui restreignit effectivement tout signe d'inquiétude. Averti
par son imprudence de la veille, il avait
adopté un plan de conduite qu'il ne doutait pas de pouvoir soutenir, lui qui
avait toujours été maître de toute autre
espèce de dissimulation, quoique dans
ce moment même toute son ame s'y
refusât. Mademoiselle Belmour l'aida
à se vaincre; et, faisant semblant de lui
dévouer toute son attention jusqu'à
ce qn'il eût donné le tems à Adonia de
recouvrer sa tranquillité ordinaire, il
se tourna alors vers cette dernière; et,
remarquant la pâleur extraordinaire qui
s'était de nouveau répandue sur son visage, quand la rougeur de l'embarras
fut dissipée, il exprima la plus grande
inquiétude. Attribuant cette apparence
aux effets des derniers divertissemens,
il ajouta que, s'il osait se permettre de

lui donner des avis, il lui recommanderait quelques jours de retraite, et lui
défendrait de ne plus recevoir de visites
ce jour-ci. Mademoiselle Belmour fut
de son avis, pour confirmer l'idée
qu'Adonia était véritablement malade.

Peu de tems après il se leva, en disant qu'il ne voulait pas prolonger son
bonheur aux dépens d'objets si précieux
que la tranquillité et la santé de mademoiselle d'Anville, et qu'il était persuadé que, dans son état de langueur,
la compagnie devait être extrêmement
fatigante. Saint-Loudon, en s'en allant,
dit aussi, en balbutiant, qu'il n'était
que trop évident que mademoiselle d'Anville avait besoin de repos. Adonia
s'opposa faiblement à leur départ ; mais
les regards et le silence de mademoiselle Belmour y souscrivirent, et ils
avaient déjà pris congé, quand on annonça milord Arunville et mademoiselle d'Arneau. L'entrée de ces deux
derniers les retint ; car la dernière reprocha gaîment à d'Avignon son empressement de s'en aller au moment
où *elle* paraissait, insista sur ce qu'il

restât pour s'informer si elle n'était pas
à moitié morte de fatigue, ou qu'elle
ne lui permettrait plus d'être son *cicisbé.*
« Si vous étiez restée à la maison toute
seule hier toute la soirée, » répliqua-
t-il en souriant, « j'aurais probablement fait une pareille enquête. »

« Ciel ! que voudriez-vous insinuer ? »
s'écria-t-elle ; « que je suis insensible
au doux calme d'une vie domestique ?
Que vous vous trompez ! il n'existe
point de divertissement qui m'ait jamais
causé la moitié tant de plaisir qu'une
de ces soirées que je passe quelquefois
en famille, quand mon père a la bonté
d'exiger le plaisir de ma compagnie à
la maison pour changer. Réellement,
c'est un grand régal pour moi ; et si
ce n'était dans la crainte de me gâter
par trop d'indulgence, je ne *bougerais*
jamais de la maison. »

Mademoiselle d'Arneau était trop
bien née pour faire attention à son
mari futur ; autrement, elle aurait pu
lire sur son visage une forte expression
de peine et d'indignation ; mais elle ne se
mêlait jamais de ses saillies, comme

elle ne voulait pas qu'il se mêlât des
siennes ; et, observant qu'il commençait à converser avec mademoiselle
Belmour, qu'il connaissait intimement
depuis plusieurs années, et dont elle
considérait les charmes uniquement
comme un relief aux siens, elle dévoua
toute sa conversation à d'Avignon,
pleinement persuadée qu'elle l'avait
absolument emporté sur Adonia dans
son cœur. D'avignon, néanmoins, chagrin et impatient, l'écoutait avec un
dégoût dont tout le monde se serait
aperçu, excepté elle ; car, tandis qu'elle
le retenait ainsi à côté d'elle, il aperçut
Saint-Loudon assis auprès d'Adonia,
recevant ses sourires, et écoutant les
innocentes effusions d'une vivacité qu'il
s'était souvent inutilement efforcé de
lui inspirer. L'entrée de plusieurs
autres personnes lui fournit à la fin
l'occasion de s'échapper à son tourment ;
et, prétextant un engagement indispen-
sable, il se leva de nouveau pour s'en
aller.

Saint-Loudon suivit ce mouvement,
et peu après leur départ, quelques-uns
de la compagnie proposèrent d'aller dans

la salle de concert, où Adonia avait
dit que les instrumens étaient encore
dans le même ordre où ils étaient le
jour précédent. Madame Brumelle, qui
pendant tout ce tems-là était assise à
une fenêtre éloignée, occupée à travailler sans se mêler de la conversation, et même sans l'entendre, fut priée
par Adonia de leur servir de mentor;
mais elle ne comprit pas ce qu'elle voulait dire. Comme cette sommation ne
fut pas répétée, elle continua à faire
du filet avec sa persévérance accoutumée, sans s'apercevoir que graduellement elle était restée seule. Naturellement pesante, ses facultés étaient d'ailleurs engourdies par l'âge; et quelque
fût son ouvrage, il attirait toute son
attention. Adonia ne desirait jamais la
tirer de ses rêveries, qui étaient quelquefois singulièrement profondes et ri-
sibles, parce qu'il n'y avait rien qu'elle
supportât avec moins de patience. Adonia savait d'ailleurs que dans cette occasion elle désapprouverait qu'elle s'enga-
geât dans des amusemens si peu adaptés
à la langueur de son apparence et à son

indisposition ; elle ne répéta donc pas
son invitation : ayant conduit la bande
joyeuse à la salle de concert, la grande
figure maigre de madame Brumelle,
avec ses lunettes sur le bout de son nez
pointu, et un tablier vert, pour sou-
lager sa vue, soigneusement étendu sur
ses genoux, fut bientôt aussi complè-
tement oubliée par les jeunes gens, qu'ils
le furent par elle. Il n'y avait que quelques minutes qu'ils étaient disparus,
lorsqu'Adonia, suivie de deux autres
jeunes dames, revinrent en courant
dans le salon, avec de si grands éclats
de rire, que le raisonnement de madame Brumelle et son ouvrage ne pu-
rent plus aller de pair, et qu'elle fut
forcée de rompre la série de ses réflexions avec un degré de célérité très-
peu conforme à la lenteur ordinaire de
ses émotions. Elle avait une veine particulière d'ironie cynique qui, lorsqu'elle était provoquée, lançait quelquefois des saillies piquantes de ridicule, et qui, de la part d'un être si
grave et si distrait, produisaient des
effets frappans, semblables aux mé-

téores qui paraissent d'autant plus lu-
mineux, que la nuit est plus obscure.

« Le cri des oies a sauvé le capitole, »
dit-elle avec amertume, tenant le bout
du fil qui avait cassé dans la soudaine
concussion de ses idées; et le renouant
ensuite, elle s'applique de nouveau à
son ouvrage avec le plus grand sérieux.
Les deux dames qui étaient avec Adonia redoublèrent leurs éclats, et, sans
faire aucune réplique, coururent chacune
vers une glace pour ajuster quelque
partie de leur habillement, tandis qu'elle,
avec moins de bruit, mais autant de
gaîté, commença à vider ses poches
de leurs pesans fardeaux, dit-elle, jetant un porte-feuille et plusieurs autres choses sur le giron de madame
Brumelle, en la priant d'en prendre
soin, parce qu'elle allait danser, et que
cela l'embarrasserait.

« Ainsi vous allez guérir la pâleur
et la langueur dont vous vous plaigniez
avec des roses gagnées par de nouvelles
fatigues, » dit madame Brumelle,
travaillant encore plus vîte. « Les jeunes
demoiselles ont des indispositions bien
                              extraordinaires :

extraordinaires, puisqu'elles exigent de pareils remèdes. » « Vraiment, répliqua Adonia, » ce n'est pas ma faute. La compagnie a proposé de danser, comme nous avions tant d'instrumens et de si bons musiciens parmi nous, et vous savez que je ne pouvais pas refuser; mais je suis déterminée à me restreindre autant que possible. » « Oui j'admire les gens qui courent du haut en bas d'une montagne, et qui pensent pouvoir s'arrêter quand ils le voudront, » dit madame, travaillant toujours plus vîte, sans lever les yeux. Adonia allait répliquer et acquiescer à tout ce qu'il plairait à sa gouvernante, quand quelques-uns des jeunes hommes entrèrent, et l'entrainèrent elle et ses compagnes avant que madame Brumelle eût eu le tems de faire d'autres remontrances. Son bon caractère et son desir d'obliger l'avaient fait accéder à la proposition de danser sans y réfléchir; mais les remarques de madame Brumelle lui avaient fait voir l'inconvenance d'y jouer elle-même un rôle; et quoiqu'elle accompagnât immédiatement les mes-

sieurs, afin que son absence ne retardât
pas l'amusement du reste de la compagnie, elle refusa de faire partie des
danseuses. L'indisposition qu'elle donna
pour excuse était assez visible sur son
visage, quoique la vivacité de son caractère, soutenue de la gaîté de ceux
qui l'environnaient, et des efforts que
le savoir vivre l'obligeait de faire, con-
tredît en quelque sorte son apparence.
Ses excuses furent cependant reçues sans
objection, surtout lorsqu'elle offrit de
servir de musicienne. Milord Arunville
était le seul de la compagnie qui ne
paraissait pas enclin à danser. Ses esprits avaient perdu toute leur élasti-
cité, et son cœur n'était pas à l'unisson
des notes animées de la gaîté. « Peut-
être que la mesure ne vous a pas plu ? »
dit Adonia, comme il s'approchait du
clavecin à la fin d'une contredanse qu'il
venait de danser, et déclarait son intention de rester spectateur. « Si j'étais
moi-même d'accord, » dit-il, « je ne
pourrais pas résister à l'inspiration de
la musique de mademoiselle d'Anville. »
« Oh! si ce n'est que cela, » s'écria

Adonia, « je me flatte de vous ranimer
en peu de tems. J'ai la plus jolie contredanse écossaise qui ait jamais été
composée; elle fera mouvoir vos pieds
involontairement, et fera aussi danser
votre cœur, si je ne l'ai pas perdue, »
ajouta-t-elle en cherchant inutilement
dans ses poches. « Oh! maintenant je
m'en rappelle, elle est dans le porte-
feuille que j'ai laissé à madame Brumelle. Je l'ai copiée sur un livre de
musique de mademoiselle Belmour, sur
un si petit morceau de papier, que j'ai
eu peur de la mettre dans cette collec-
tion gigantesque. Oserai-je vous prier
de sonner, et je l'enverrai chercher. »
Cependant milord Arunville ne trouvant
pas sur-le-champ de sonnette, crut qu'il
pourrait exécuter lui-même sa commission en moins de tems qu'il ne lui
en faudrait pour en chercher une, et,
sans attendre ses excuses, vola pour
la servir. N'ayant pas compris s'il devait demander le porte-feuille ou seulement la contredanse, et presque plongé
dans une aussi profonde rêverie que
madame Brumelle elle-même, à qui il

s'adressait, après une pause de quelques momens, pendant lesquels il perdit absolument de vue l'objet de son ambassade, il pria madame Brumelle d'avoir la bonté de chercher dans le portefeuille de mademoiselle d'Anville *un petit morceau de papier.* Madame Brumelle, aussi lente qu'à l'ordinaire à comprendre ce qu'on lui disait, ne fit aucun commentaire sur sa demande singulière; mais, posant tranquillement son ouvrage, et ouvrant le porte-feuille, commença avec beaucoup de soin à en vider tout le contenu sur son tablier vert, une chose après l'autre.

Lord Arunville, quoiqu'il n'eût aucune raison d'être pressé, et qu'il fût trop occupé de ses pensées pour avoir la moindre inquiétude au sujet de cet air, était cependant dans une impatience indéfinissable; et irrité de sa lenteur inflexible, la pria de se dépêcher, parce que mademoiselle d'Anville l'attendait pour le jouer aux danseurs. « Le jouer ! » s'écria madame Brumelle en levant ses lunettes sur son front, et en regardant d'un air stupéfait. « Comment peut-elle jouer avec un morceau de papier une chose qui ne peut produire aucun son? » Puis se rappelant subitement : « Peut-être veut-elle quelques livres de musique qui sont dans l'étude de son père? » « Non, » madame, répliqua vivement milord Arunville, « je vous ait dit qu'elle m'avait envoyé chercher une contredanse écossaise, que vous trouverez dans son porte-feuille. » « Oh! je vous demande pardon, monsieur, » reprit gravement madame Brumelle; « si vous m'aviez d'abord dit cela, j'aurais eu bientôt trouvé ce que vous voulez. » « Probablement, madame, » répliqua lord Arunville d'un air satirique. Madame Brumelle était néanmoins en ce moment aussi peu disposée à s'offenser qu'à se dépêcher, et recommença à faire l'inventaire du porte-feuille sans avancer vers la fin de ses recherches. Milord Arunville perdit à la fin tout ce qui lui restait de patience, et, lui arrachant le porte-feuille, dit qu'il allait le porter à mademoiselle d'Anville elle-même, afin qu'elle y prît ce dont elle avait besoin. Il commença

donc à y remettre tous les papiers et
les lettres qui étaient sur le tablier de
la vieille dame. Il avait presque fini
quand ses yeux furent arrêtés par sa
propre écriture, qu'il reconnut à l'instant, qu'Adonia avait ramassée le matin
dans la chambre. Pendant qu'il l'exa-
minait avec diverses émotions, Adonia,
surprise de la longueur de son absence,
vint elle-même pour le chercher, et était
à ses côtés avant qu'il s'aperçût de son
approche. Etonnée de le voir ainsi occupé, et ne sachant comment interpréter
une chose qui lui paraissait moins un
manque de politesse qu'un manque
d'honneur, elle resta pendant quelques
momens pétrifiée et irrésolue.

Regardant plus attentivement le papier qu'il avait toujours à la main, elle
s'aperçut que c'était celui qu'elle sup-
posait avoir été perdu par Saint-Loudon.
Choquée et alarmée, elle fit une tentative pour le lui arracher ; mais milord
Arunville le tenait bien, et il fut déchiré en deux.

« Je pense, milord, » dit-elle avec
beaucoup d'agitation, mais en tâchant

de supprimer ses émotions, « je pense
réellement que vous auriez pu m'épargner cette insulte ; après la grossièreté
dont vous avez été coupable en le lisant. » « Insulte ! » répliqua lord Arunville ; « attachiez-vous donc quelque prix
à ce morceau de papier? aviez-vous conçu
d'autre sentiment que celui de l'indignation pour l'individu qui avait fait usage
d'expressions si peu réservées et si pré-
somptueuses? » « De l'indignation contre
l'individu ! » répéta Adonia, une faible
rougeur succédant à la pâleur excessive
qui s'était répandue sur son visage. « Je
ne dois mon indignation qu'à celui qui
a pu ainsi manquer aux lois de l'honneur pour satisfaire une faible et méprisable curiosité. » « Ne vous fâchez
pas, mademoiselle Adonia, » dit madame Brumelle en hâtant son ouvrage,
mais sans lever les yeux, « milord ne
le voulait que pour le jouer aux danseurs; il me l'a dit lui-même. »

Adonia était accablée de honte de
voir qu'on pût l'accuser d'avoir été assez
vaine pour garder avec soin un pareil
éloge de sa personne, ou que milord

Arunville la soupçonnât d'en faire cas
par rapport à Ferdinand ; ce qu'elle
croyait assez marqué dans ses expressions : c'est pourquoi , incapable de
cacher son agitation , ou de réprimer
les larmes qui flottaient dans ses yeux,
elle voulut s'en aller pour éviter d'augmenter ces soupçons supposés. Milord
Arunville vola pour s'opposer à son
passage. Très-choqué de la peine qu'il
avait causée, il lui prit les mains avec
un empressement passionné. « Pour l'a-
mour de Dieu ne me quittez pas ainsi !
dites que vous me pardonnez , ou faites-
moi les reproches qu'il vous plaira. Ce
dédain silencieux de votre part est moins
supportable que les invectives les plus
sévères. » Adonia s'efforça de retirer ses
mains , mais n'osa pas s'en fier à sa
voix pour faire une réponse. Elle sentait que les faibles larmes dont elle avait
honte trouveraient un passage au moment où elle parlerait , et lord Arunville vit avec alarme qu'elle éprouvait
des sentimens plus pénibles que ceux
du ressentiment ; sa couleur paraissait
et disparaissait ; ses mains tremblaient

dans les siennes et elle, fut à la fin
forcée de s'asseoir. Lord Arunville, dé-
sespéré par la pâleur de son visage,
qui indiquait plutôt l'impossibilité de
parler que la résolution de garder le
silence ou de le dédaigner, se jeta à ses
genoux, et la conjura, dans les termes
les plus passionnés, de dire *qu'elle le
pardonnait*, de le regarder seulement
avec moins de froideur, où qu'il ne se
pardonnerait jamais lui-même. Adonia,
encore plus alarmée de le voir dans cette
attitude, ralliant toutes ses forces, et
recouvrant la dignité naturelle de son
air, se leva, et lui commanda de se
lever s'il ne voulait pas prolonger son
ressentiment; mais il refusa opiniâtrément de le faire; et, continuant de lui
tenir les mains, il déclara qu'il reste-
rait toujours dans cette position jusqu'à
ce qu'elle eût prononcé son pardon.
Extrêmement indignée, et dédaignant
de démentir ses sentimens, elle hési-
tait à répondre, quand mademoiselle
d'Arneau, qui, malgré toute son insouciance, n'avait pas laissé de s'apercevoir de son admiration d'Adonia,

entra subitement dans la chambre , et
les regarda tous deux d'un air d'étonnement et de colère.

« Ainsi , milord, vous venez d'enseigner le *pas grave* à mademoiselle
d'Anville ! » dit-elle à la fin , en s'efforçant de cacher son ressentiment et sa
jalousie sous un ton de raillerie. « Vous
la trouverez une élève assez docile et
d'assez bonne volonté pour des leçons de
ce genre. »

Cette seconde imputation de coquetterie, où les apparences étaient si fort
contre elle, piqua Adonia jusqu'au vif,
tandis que milord Arunville, qui n'avait
pas vu entrer mademoiselle d'Arneau,
se releva d'un seul saut, comme si le son
de sa voix l'avait électrisé. Se remettant
néanmoins presqu'aussitôt , il dit, avec
une simplicité volontaire qui ne fit que
l'irriter davantage, «qu'il était bien sûr
qu'il n'y avait en son pouvoir aucune
instruction susceptible de rien ajouter
aux perfections de mademoiselle d'Anville. » « Et voici, » ajouta mademoiselle d'Arneau en ramassant un des
morceaux de papier qui était par terre,

tandis que milord Arunville mit à la
hâte l'autre dans sa poche, « voici sans
doute l'air que votre seigneurie a choisi
pour le nouveau pas de mademoiselle
d'Anville. Admirablement bien adapté,
vraiment! » (Elle commença à lire les
passages qui s'offrirent d'abord à sa vue.)
« C'est poétique, mélodieux et singulièrement juste! » Par bonheur, pourtant, le papier avait été déchiré de manière qu'elle ne put lier les phrases,
quoiqu'elle en vît assez pour être convaincue qu'Adonia en était le sujet, et
qu'Adonia était aimée. Elle ne pouvait
guère supporter d'être rivalisée dans
l'admiration de qui que ce fût ; mais
dans l'amour de milord Arunville c'était
le comble de la jalousie !

Emportée et fière, elle ne put long-
tems conserver cet empire sur elle-
même ; car milord Arunville, uniquement occupé de la pâle et tremblante
Adonia, paraissait absolument indifférent à sa colère, tandis qu'elle lui lançait des sarcasmes et lui faisait les reproches les plus amers que peuvent sug-
gérer la vanité et l'orgueil offensés. Lui

rappelant ses engagemens, elle insinua qu'il avait des desseins sur Adonia qu'elle méritait aussi peu que milord Arunville était incapable de les concevoir.

Adonia, surprise et choquée en même-tems, fut alors tirée de la léthargie qui l'avait accablée par le sentiment de la justice qu'elle croyait dûe à milord Arunville au sujet du papier en question, n'ayant pas le plus léger soupçon qu'il eût été écrit par lui. « Croyez-moi, mademoiselle d'Arneau, » s'écria-t-elle, « ce papier insignifiant n'a pas été écrit par milord Arunville, au moins je ne l'ai pas reçu de lui, ni aucune autre chose de cette nature. Je ne sais pas même si sa seigneurie l'a jamais vu avant le moment actuel ; c'est le hasard qui l'a mis dans ses mains. La liberté qu'il a prise de le lire a excité mon ressentiment ; car, comme il était dans mon porte-feuille, il n'avait certainement pas le droit de l'examiner, quel qu'en fût l'auteur, et vous ne devez pas être surprise de l'attitude absurde dans laquelle vous l'avez trouvé, en con-

sidérant que c'était une violation de
toutes les lois de la politesse, pour
laquelle il sollicitait mon pardon. »

« Oh ! sans doute vous aviez beaucoup de raison d'avoir du ressentiment ! » répliqua mademoiselle d'Arneau avec un sourire ironique. « Il y a
quelque chose d'extrêmement offensant
d'être admirée, surtout d'enlever l'amant
de son amie. Eh bien ! je professe que je
ne trouverais rien de plus délicieux.
Dépêchez-vous, Adonia, d'engager
quelque berger étourdi de la manière
dont il a plu à milord de faire un *arran-
gement* avec moi, afin que je puisse
essayer mes talens à mon tour, et nous
verrons si vous pourrez vous consoler
avec la même facilité dans de pareilles
circonstances. »

« Quant à vos insinuations que mademoiselle Adonia est réellement engagée à milord d'Arunville, » dit madame
Brumelle qui se mit en avant, et qui
ne comprenait pas la moitié de la conversation, « vous me permettrez de vous
dire, mademoiselle, qu'elles sont in-
justes et mal fondées. Mademoiselle

Adonia a trop de bon sens et de prudence pour contracter un engagement si
sérieux; et quoique je ne sois pas surprise
que deux jeunes gens comme eux aient
de la partialité l'un pour l'autre, je suis
convaincue que les choses n'ont jamais
été si loin que vous le dites ; car mademoiselle Adonia a toujours pour principe de consulter son père et moi avant
de faire aucune démarche importante.
Il y a véritablement long-tems que
j'observe..... »

Adonia, dans les plus grandes alarmes,
la pria de cesser : mais milord Arunville, dans le sein duquel s'était glissée
une fausse espérance, était déjà en-
flammé par la bonté apparente qu'elle
montrait en le justifiant, et aurait desiré que madame Brumelle eût conti-
nué sa harangue, dans l'attente d'en savoir
voir davantage sur les sentimens de
mademoiselle d'Anville à son égard.
Mademoiselle d'Arneau, plus furieuse
de l'indifférence de son amant pour son
ressentiment, continua ses ironies avec
plus d'aigreur. A la fin, tirant de son
porte-feuille deux lettres de lui, d'une

date antérieure à son introduction chez
Adonia, elle les mit entre les mains
de cette dernière, en la priant d'examiner s'il avait fait des progrès dans
son style depuis qu'elle avait eu l'honneur de recevoir celles-ci, et de juger
si ses écrits n'étaient pas également des
chefs-d'œuvres d'éloquence. Adonia
s'aperçut aussitôt que c'était la même
écriture que celle qui avait donné lieu
à cette étrange scène ; et, vexée et
étonnée, mille idées mortifiantes s'em-
parèrent de son esprit.

La crainte que milord Arunville n'eût
mal interprété ses émotions, (qu'il ne
pouvait guère manquer de s'attribuer
à lui-même, d'après le soin qu'elle
avait eu de conserver ce malheureux papier) la honte d'avoir été jugée capable
de faire cas d'une pareille preuve de l'affection d'un homme qui était engagé à
une autre, et peut-être une grande
portion de chagrin de voir s'évanouir
la croyance que Saint-Loudon en était
l'auteur, se succédèrent si rapidement,
qu'elle ne put ni lire ni parler. Jusqu'alors elle n'avait jamais eu la certi-

tude de l'engagement de mademoiselle d'Arneau, quoiqu'on le lui eût souvent fait entendre ; car mademoiselle d'Arneau elle-même avait toujours aimé à contredire un bruit qui pouvait empêcher ses conquêtes ; et l'idée qu'elle l'accusait peut-être depuis long-tems d'avoir fait la coquette auprès de lord Arunville à cause de l'intimité qu'il y avait entre eux, ajoutait à son anxiété plus elle réfléchissait à cette probabilité. A la fin, entièrement subjuguée, les larmes qu'elle s'efforçait depuis long-tems de retenir coulèrent en torrens de ses yeux, et elle sortit avec précipitation de la chambre, suivie de madame Brumelle, laissant une plus grande confirmation à milord Arunville du succès de ses espérances, et mademoiselle d'Arneau encore plus irritée.

Cette dernière ne resta pas long-tems après elle. La honte de s'être montrée à lord Arunville sous un jour si peu aimable, et la conviction de l'inconvenance de la colère qu'elle avait laissé éclater, la privèrent du pouvoir de lui faire d'autres re-

proches du moment où elle se trouva
seule avec lui. Après quelques efforts
pour adoucir ce qui lui était échappé
sous l'empire d'une colère subite, en
l'attribuant à la vive sensibilité de son
affection pour lui, elle sonna pour sa
voiture, et milord Arunville l'y conduisit sans proférer une parole. Il retourna alors vers la compagnie qu'il
avait laissée dans la salle du concert,
et peu de tems, après il fut surpris par
la rentrée d'Adonia, en apparence remise et enjouée.

Convaincue que la seule méthode
délicate, par laquelle elle pouvait écarter
les suggestions que la méprise récente
devait avoir créées dans l'esprit de lord
Arunville, était de recouvrer le plutôt
possible sa première franchise et sa
conduite aisée à son égard, et craignant les railleries de ceux qui la visi-
taient, parce qu'ils savaient qu'Arunville et elle s'étaient absentés ensemble,
elle avait fait les plus grands efforts
pour tranquilliser ses esprits, afin de
rejoindre bien vîte leur compagnie.

Trouvant que la raillerie à laquelle elle

s'attendait avait fait place à l'inquiétude
générale sur son indisposition, dont mademoiselle Belmour les avait informés,
et qu'ils lui avaient attribué sa longue
absence, elle reprit bientôt l'apparence
de toute la gaîté avec laquelle elle
les avait quittés. Adonia était capable des plus grands efforts, quand
elle était piquée par quelques attaques
contre cette droiture dont elle se glorifiait, et qui était le trait principal
de son caractère. Il y avait quelque
chose de si choquant, selon ses notions
de la bienséance des femmes, dans
l'idée d'être supposée capable de recevoir du plaisir d'avoir découvert l'attachement d'un homme qui avait d'autres
engagemens, qu'elle se serait soumise à
tous les efforts possibles, quels que pénibles qu'ils fussent à ses sensations, plutôt
que milord Arunville entretînt un moment une pareille pensée. C'était une
des maximes favorites de son père, qu'il
lui avait inculquée, quoiqu'il n'en eût
pas souvent profité lui-même, « *de ne
jamais se chagriner d'une erreur passée,
du moment où elle était irréparable ou
réparée ;* car c'était une douleur super-

flue de déplorer la perte d'une chose
qu'on ne pouvait rappeler, et elle l'é-
tait encore plus quand le mal était
déjà réparé. »

Elle se fortifia maintenant de cette
leçon. Elle sentit que toute réflexion
pénible était actuellement superflue,
et ne pouvait servir qu'à affaiblir sa
résolution à poursuivre le plan de conduite qu'elle jugeait le plus efficace
pour réparer leur méprise réciproque.
Sa maladie, son agitation récente, le
souvenir de la scène mortifiante dans
laquelle elle venait d'être engagée s'é-
vanouirent devant son ardent desir de
détromper milord Arunville, et de se
justifier ; et il remarqua avec étonnement la facilité et même la vivacité
avec lesquelles elle conversait, ainsi
que la politesse impartiale qu'elle accordait en partageant son attention entre
toute la société, comme si elle avait
été également satisfaite de tous les individus qui la composaient, et parfaitement à son aise.

Mais milord Arunville, naturellement ardent, avait donné accès à un

espoir que, quelque dangereux et trompeur qu'il fût, il ne voulait pas abandonner : par une étrange construction d'apparences, il interpréta d'une manière contraire les motifs de sa gaîté ; et quoique la fermeté de son maintien le surprît, son visage moins uniforme paraissait encourager l'illusion : car, quoique ses paroles fussent libres et sans contrainte, elle baissait les yeux quand il la regardait ; et quand il lui offrit une fois sa main pour la conduire à un siége, une rougeur soudaine, irrésistible de ressouvenir, se répandit sur ses traits, et démentit l'insouciance apparente avec laquelle elle la lui donna.

Déterminée quant au mode de conduite qu'elle devait adopter, Adonia n'avait pas encore appris à commander les mouvemens de son visage, qui, fidèle à exprimer les sentimens de son ame, rayonnait de vivacité et d'intelligence tempérées par la sympathie, ou se couvrait d'une rougeur ingénue, selon les différentes impulsions de son esprit. Milord Arunville, quoique lié par l'honneur à borner ses desirs à une

autre, se sentait en sa présence tout
à fait incapable de renoncer aux suggestions de l'espérance, tandis que tout
ce qu'il voyait paraissait indiquer qu'il
était loin de lui être aussi indifférent
que ses paroles s'efforçaient de le lui persuader. La gaîté et l'enjouement de la
compagnie se communiquèrent de l'un
à l'autre ; et, entretenus par les saillies
de l'esprit et du caprice, retinrent les
perso nes qui étaient venues voir Adonia
au-delà des bornes ordinaires d'une visite
du matin. Quand à la fin ils la quit-
tèrent, elle trouva son indisposition augmentée ; et, après une sévère réprimande de madame Brumelle, elle se
retira dans sa chambre à coucher, tout
à fait fatiguée et épuisée.

CHAPITRE XVI.

Le marquis ne revint pas pour dîner comme il l'avait promis ; mais, quoiqu'il n'envoyât pas de message pour donner les raisons de son retard, Adonia en fut plutôt satisfaite que mécontente : car l'augmentation actuelle de son indisposition lui faisait craindre ses reproches de n'avoir pas fait attention à son avis ; et elle espérait, à l'aide du repos et de la tranquillité, recouvrer son air de santé, n'attribuant sa maladie qu'à trop de fatigue. Elle avait cependant attrapé un rhume violent qui ébranlait tout son être ; et, se jetant sur son lit, elle tomba dans un profond sommeil. Elle fut éveillée vers le soir par un message qui l'informait qu'un monsieur, venant de la part de son père, demandait à lui parler, et sur une carte que le domestique lui donna était écrit le nom de Saint-Loudon. Elle se leva

en sursaut ; et, se sentant très-soulagée
par son long sommeil, elle se hâta de
l'aller trouver, gaie et sans appréhen-
sion.

« Vous avez bien de la bonté, monsieur Saint-Loudon, » dit-elle, « de
m'apporter des nouvelles de mon père ;
mais je n'ai réellement pas eu occasion
d'être surprise de son absence, excepté
dans mes rêves, et ils ne furent point
d'un genre bien noir. J'espère qu'il m'ac-
cordera quelque crédit de ma rapide
guérison, surtout quand il apprendra le
grand lever que j'ai eu ce matin. Mais
qu'avez-vous à m'apprendre ? Il sera à
la maison ce soir. » « Pas ce soir, mademoiselle, » répliqua gravement Saint-
Loudon ; « mais j'espère que vous ne serez pas long-tems à le revoir. Il vous
prie d'être absolument tranquille sur son
absence ; et m'a chargé de vous dire
que, quoique l'affaire qui le retient
puisse être longue à terminer, il a
toutes les espérances possibles qu'elle
finira plus favorablement que les bruits
que l'on répand pourraient vous le faire
craindre. » « Que signifie cette mysté-

rieuse consolation ? » s'écria Adonia
avec crainte ; « de quels bruits parlez-
vous ? Je n'ai rien entendu dire..... Oh!
dites-moi , pourquoi mon père est-il retenu , et où est-il ? » « Il se porte bien,
je vous assure, et il est à Paris. Vous
ne pourrez peut-être le revoir de quelques jours ; mais je suis persuadé , je
me flatte même.,... » « Ah! ne me trompez pas , » s'écria Adonia la terreur
peinte sur le visage. « Il est à Paris, et
il ne peut revenir à la maison ! Quel fa-
tal accident peut le retenir ? Dites-moi,
M. Saint-Loudon , dites - moi sur-le-
champ ; je puis maintenant tout entendre , oui, vraiment je suis préparée
à tout. » « N'avez-vous donc pas entendu dire, mademoiselle, » dit Saint-
Loudon , « que la faveur des ministres
est précaire ? que les législateurs les
plus distingués et les plus populaires
ont beaucoup d'ennemis? Nous sommes
actuellement à une époque de convul-
sion politique , et tous les ministres sont
en danger à cause des intrigues des fac-
tions. On a attaqué l'administration du
marquis ; mais en cela il ne fait que
partager

partager le sort de beaucoup d'autres,
qui, moins respectables, et avec moins
de crédit, n'appréhendent qu'une disgrace momentanée, que fera bientôt
disparaître l'œil vigilant de la justice. »

« Mon père est donc arrêté ! » s'écria
Adonia avec des yeux égarés. « Mon
tendre père ! qui était exposé à l'insulte
et à une accusation ignominieuse,
tandis que moi, sans penser du tout à
lui, je passais la matinée dans des amusemens trivials ! » Un déluge de larmes
brûlantes et presque de remords coulèrent le long de ses joues. « Mais, »
ajouta-t-elle en joignant les mains,
« ne puis-je aller le voir ? Oh ! permettez que je vole auprès de lui, que je
me jette à son cou, et que je le con-
sole. » « Croyez-moi, il n'a pas besoin
de consolation, » dit Saint-Loudon ; « son
esprit noble et fier est fort au-dessus
de l'oppression à laquelle il se soumet
aujourd'hui. Il est impossible que vous
alliez le trouver. Une prison n'est pas
une scène propre pour vous ; et je doute
même que, dans ce moment, on vous
permette d'y entrer. » « Une prison ! »

s'écria Adonia , frémissant d'horreur
et pâlissant. « Mon père est en prison ! »
Ici une variété d'images confuses et
affreuses se présenta à son imagination. La sombre scène de l'incarcération
parut devant elle ; la hache fatale était
déjà levée ; et, accablée de faiblesse et
de terreur , elle s'évanouit.

Saint-Loudon , effrayé , et craignant
encore plus de la laisser un moment
seule pour aller chercher du secours ,
la releva dans ses bras ; et, lui frottant
les mains et les tempes , lui parla plusieurs fois d'un air effaré , en la priant
de lui répondre. A la fin elle ouvrit
faiblement les yeux, et jetant sur Saint-
Loudon un regard d'angoisse et de reconnaissance : « Que de peine je vous
donne ! « dit-elle : » voudriez-vous avoir
la complaisance d'appeler madame Brumelle ? » « Ah ! » s'écria-t-il d'une
manière incohérente , sans savoir ce
qu'il disait , « vous voir rappelée à
la vie me dédommage de toute la peine
que j'ai éprouvée. » Et il la pressa involontairement contre son sein. Adonia s'efforça faiblement de se dégager ;

mais ses efforts furent inefficaces ; et
tandis qu'elle était encore appuyée sur
lui, la porte s'ouvrit, et madame Brumelle entra, suivie du comte d'Avignon. La fureur la plus indomptable
parut sur la figure de ce dernier dès
qu'il observa la situation d'Adonia ;
et, sans la plaindre ou la considérer,
il s'avança fièrement vers Saint-Loudon.
« Officieux jeune homme ! » s'écria-t-il,
qui vous a envoyé ici pour faire vos
imprudentes communications ? de quel
droit vous intéressez-vous aux affaires
particulières de de Bellefond ? » « Ce
n'est pas ici le tems, comte, » répli-
Saint-Loudon avec fermeté, « de répondre à une demande faite en termes
si hautains. Peut-être ai-je plus de droit
à faire les fonctions d'un ami que
ceux qui prétendent en avoir davantage ;
et dans un tems plus convenable, je
vous apprendrai *pourquoi* je dis cela. »

Ces dernières paroles irritèrent d'A-
vignon encore davantage ; car il savait
parfaitement bien ce qu'elles voulaient
dire, et, avec la plus grande amertume
il s'écria : « Tous les tems sont les mêmes

pour me convaincre que je dois maudire
le moment où je me suis rendu respon-
sable des folies et des vices d'un autre,
en prenant sous ma tutelle un être dont
les principes sont si méprisables, et dont
la conduite est si perfide et si infâme
que celle de Ferdinand Saint-Loudon ! »

Saint-Loudon, quoique fort irrité,
dédaigna de lui répondre ; et Adonia,
plus choquée et étonnée qu'auparavant,
retomba dans sa première insensibilité.
Avec l'aide de madame Brumelle et
celle des autres servantes que l'on appela, on la conduisit à son appartement, et l'application des remèdes nécessaires ne tarda pas à lui faire recouvrer l'usage de ses sens ; mais l'indisposition qui avait commencé le matin,
accélérée par le choc inattendu et le conflit pénible qu'éprouvait encore son
esprit, augmenta avec tant de rapidité,
qu'avant minuit, elle avait tous les
symptômes d'une fièvre maligne.

D'Avignon et Saint-Loudon, tous
deux intéressés à sa situation, avaient
attendu pour apprendre le résultat des

secours de madame Brumelle, suspendant les expressions de leur ressentiment mutuel, dans la crainte de la perdre. En apprenant ces nouvelles, ils partirent tous deux pour la maison en gardant un morne silence. Mais quand la voiture s'arrêta à la porte du comte, l'idée de rentrer dans la maison d'un homme qui l'avait si grossièrement insulté révolta Saint-Loudon, sa répugnance était augmentée par une découverte qu'il avait faite relativement à sa conduite perfide envers de Bellefond. Poussé donc par les sensations du dégoût et de la haine, telles qu'il ne les avait jamais éprouvées auparavant, il lui dit fièrement : « J'ai été *dépendant* de vous, comte, mais je ne suis pas pour cela votre *esclave*. Je suis libre, et vous ne m'êtes plus rien. Dorénavant nous serons indépendans l'un de l'autre. » A ces mots il sauta de la voiture.

Mais, à son grand étonnement, d'Avignon s'opposa non-seulement à son départ avec des supplications, mais fit même les concessions les plus avilissantes pour obtenir son pardon. Saint-Loudon,

qui lui était attaché par habitude , et
qui avait été accoutumé à le respecter
comme le meilleur des hommes, sentait
un nouveau coup de poignard à chaque
nouvelle preuve de sa bassesse et de sa
dissimulation. Dans les sentimens où il
était alors , cette conduite ne fit qu'augmenter sa colère et son mépris , parce
qu'il avait de fortes raisons de pré-
sumer que ce n'était que le résultat d'une
hypocrisie rafinée. Les sensations de la
jeunesse se révoltent contre l'oppression;
la haine de la perfidie et l'indignation de
l'insulte étaient éveillées dans le sein de
Saint-Loudon ; et d'Avignon, différent
des autres hommes qui maîtrisent leurs
passions à mesure qu'ils avancent en
âge , avait perdu cet empire sur son
caractère que la dissimulation avait
donné à sa jeunesse , maintenant que
la possession du pouvoir et de l'autorité
rendait cette dissimulation moins nécessaire à ses intérêts ; et , peut-être ,
plus violent à cause d'une longue contrainte, sa rage , quand elle était excitée,
était un torrent impétueux qui balayait
devant lui toutes les barrières de la pru-

dence , toutes les remontrances de la
raison. Ils étaient tous deux irrités ; chacun d'eux regardait l'autre avec beaucoup de méfiance et d'indignation ; et ,
après quelques invectives ambiguës des
deux côtés , l'humilité feinte de d'Avignon fut succédée par la violence et des
reproches si insultans, que St.-Loudon ,
perdant de vue tout autre objet que celui de la vengeance , le quitta brusque-
ment , en le remettant au lendemain
pour décider leur querelle à la pointe
de l'épée.

D'Avignon se retira en silence dans sa
chambre , après avoir ordonné à son
valet de chambre de l'éveiller le lendemain matin de bonne heure. Mais le
sommeil se tint aussi loin de son oreiller
que de celui de l'infortunée Adonia ,
victime de ses machinations. Il avait
un noir complot à mûrir , dont le but
était de détruire la réputation et le bonheur de de Bellefond. Les conséquences
de son dernier traitement de Saint-Loudon , pour des raisons qui lui étaient
connues , lui inspiraient des alarmes qui
rendaient encore plus amers les reproches de sa conscience. C'était ce jour-là

qu'il avait commencé à exécuter le projet de trahison qu'il méditait depuis
long-tems, et sondé le fond du pouvoir
de de Bellefond ; et au moment même
où cet infame scélérat se promenait dans
le salon de la fille en jouant le rôle de
la galanterie et de l'insouciante frivolité,
il avait la conviction intérieure que ses
machines de destruction vomissaient la
ruine et la désolation sur le père, et pré-
paraient le malheur de son innocente
famille.

Le message que de Bellefond avait,
ce jour-là, reçu de Versailles était un
avis de la part du roi, pour l'informer
d'une partie des trames ourdies contre
lui, qu'il n'avait plus, disait-il, le pouvoir de déjouer. Il ajoutait que, convaincu de son innocence, il lui conseillait de fuir plutôt que de s'exposer à un
jugement ; car les lois n'étaient plus alors
que les instrumens d'une faction qui les
interprétait à sa guise, et qui était composée de gens qui desiraient ardemment
sa perte. Il arriverait donc nécessairement que le procès ne se terminerait que

par sa ruine dans un tems où la justice était partout dominée par l'intrigue.

Le roi desirait cependant le voir avant son départ, et le priait de ne pas perdre de tems à se rendre à Versailles d'une manière aussi privée que possible, afin qu'il pût conférer avec lui sur les mesures les plus propres à prendre pour sa sûreté. Une sûreté ainsi achetée ne convenait point à l'esprit fier de de Bellefond, qui se prépara sur-le-champ à obéir ouvertement aux ordres du roi, et qui partit même sans être accompagné de sa suite ordinaire. Il fut arrêté sur la route de Versailles sur une accusation *de trahison contre les véritables intérêts de la nation*, et conduit directement à la Bastille. Le mandat d'arrêt avait été provoqué par le duc de C. et le cardinal Parville, deux hommes qui étaient depuis long-tems ses ennemis déclarés, mais qui dans le fait n'étaient que les instrumens du rusé d'Avignon. Leur ayant fourni les bases d'accusation, et les ayant excités à poursuivre le procès de de Bellefond, le comte avait refusé d'y prendre lui-même aucune part active, en

I 2

déclarant qu'il ne pouvait pas se résoudre à devenir l'accusateur d'un
homme qu'il avait si long-tems aimé, et
à qui il avait autrefois eu tant d'obliga-
tion, quelque desir que son amour supérieur de la justice lui inspirât de le voir
punir.

Ce subterfuge avait réussi pour le
moment; et de Bellefond était si loin de
soupçonner la moindre partie de la perfidie de son ami prétendu, que, lorsqu'on le mit en prison, sa première requête fut qu'on lui permît d'envoyer
chercher d'Avignon. Cela lui fut aussitôt accordé; mais quoique le comte ne
se souciât pas alors de se rendre à son
invitation, peut-être incapable dans ce
moment de porter l'hypocrisie de l'amitié jusque dans cette prison où ses machinations avaient conduit son ami trop
confiant, il lui avait envoyé Saint-Loudon, chargé d'un message de sympathie feinte et de condoléance, en excu-
sant son absence par le prétexte d'être
retenu par des affaires indispensables.
Quoique Saint-Loudon ne pût positivement découvrir le véritable rôle que le

comte avait joué dans cette affaire, il y
avait long-tems qu'il le soupçonnait ;
car sa résidence dans sa famille, et le
peu de précaution avec lequel d'Avignon
parlait ordinairement de ses affaires en
sa présence, lui avaient fourni plusieurs
occasions de voir qu'il se tramait quelque complot contre de Bellefond. Il
avait d'ailleurs particulièrement remarqué depuis peu les fréquentes confé-
rences secrètes de d'Avignon, du duc de
C. et du cardinal Parville, hommes très-
connus pour être les ennemis invétérés
de de Bellefond.

Il y avait quelque tems que Saint-
Loudon connaissait toute la malignité
du cœur de son patron, et la scélératesse
de ses principes. Quelques indiscrétions
de son protégé avaient encouragé d'Avignon à lever devant lui, de dessus son
véritable caractère, ce masque qu'il
croyait encore de son intérêt de garder
partout ailleurs ; c'est pourquoi, quand
Saint-Loudon apprit que le duc de C.
et le cardinal Parville étaient les accusateurs de de Bellefond, et entendit les
raisons qui lui faisaient éluder la demande

de son ami d'aller le voir, raisons qu'il savait bien n'être qu'un faux prétexte, il n'hésita plus sur la certitude de ses conjectures. Quoiqu'il abhorrât sa scélératesse, et qu'il frémît de son hypocrisie consommée, comme il lui avait de grandes obligations, il conservait toujours pour lui une affection, qu'il avait contractée dès l'enfance, qui le faisait passer par-dessus ses petites erreurs, et qui mêlait la douleur et le regret à l'indignation excitée par ses plus grands crimes. Quoique donc la conviction éclairât son esprit, et que son ame généreuse se révoltât de la pensée de la perfidie de d'Avignon envers l'homme qui avait été son plus fidèle ami et son bienfaiteur perpétuel, son cœur ne pouvait pas encore croire à une scélératesse si atroce; et, résolu à ne point faire de commentaires jusqu'à ce qu'il fût plus amplement informé, il avait obéi à ses ordres, et était allé voir de Bellefond dans sa prison.

C'était là que de Bellefond, n'ayant d'autre inquiétude que pour ses enfans,

et voulant prévenir les conséquences
d'un coup si inattendu par sa tendre et
affectueuse fille, avait chargé Saint-
Loudon de lui annoncer avec précaution
là nouvelle de sa disgrace. La querelle
imprudente qui avait suivi la fureur
jalouse de d'Avignon contre Saint-Loudon avait rompu ce qu'il restait encore
de liens de l'affection et de la reconnaissance dans le sein de ce dernier, et
l'avait confirmé dans la haine et l'exé-
cration de la personne et de la protection , ainsi que des vices de d'Avignon.
Le comte ne manquait pas de courage :
d'ailleurs sa colère , une fois montée ,
était suffisante pour suppléer au manque
de véritable bravoure; mais se battre
à l'épée avec Saint-Loudon était la dernière extravagance que la fureur lui aurait dictée : l'avoir poussé à une résolution telle que l'indiquaient les paroles
qu'il lui avait adressées en se séparant,
était, lorsqu'il réfléchissait de sang froid,
une raison suffisante pour hérisser son
oreiller d'épines , s'il n'y avait point eu
de de Bellefond emprisonné pour *trou-
bler son sommeil* ; point d'Adonia ma-

lade pour le déchirer par la crainte
de perdre l'objet de sa criminelle passion.

CHAPITRE XVII.

D'Avignon avait trouvé que l'esprit public était à cette époque trop occupé des troubles de l'empire pour donner toute l'importance qu'il desirait au projet qu'il avait conçu de découvrir la malheureuse liaison entre de Bellefond et Angélique Conway. Les membres du clergé qu'il avait sondés là-dessus étaient trop absorbés par leur propre danger : quelques empiètemens récens sur leurs priviléges et leurs immunités avaient blessé leur orgueil. L'abolition de quelques-uns de leurs ordres, et la diminution de leurs revenus, sur laquelle insistaient les partisans d'une réforme, avaient alarmé leur avarice, et employé leur politique. Leur aigreur contre les délits particuliers d'hérésie était perdue dans les craintes qu'ils avaient pour eux-mêmes. D'ailleurs, la réputation de de Bellefond comme législateur, l'intégrité et l'impartialité qui lui assuraient

la confiance de la populace, et, en
dépit des luttes de l'intérêt, lui con-
servaient le respect des autres ministres
et hommes en place, laissaient peu d'espoir dans une crise comme celle là, que
toutes les mesures que le clergé aurait
pu prendre contre lui eussent été se-
condées par le bras séculier, tant que
son administration ne serait point attaquée. Le tems actuel était cependant
singulièrement propre à une pareille at-
taque. La réserve qui aurait autrefois
limité l'examen des affaires d'état à
des gens exprès nommés avait donné
lieu à des discussions libres et hardies
de la part de la communauté entière.
Chacun faisait ses commentaires sur la
conduite du ministère, et l'opinion générale était non-seulement défavorable
au gouvernement actuel, mais tendait
évidemment à sa ruine.

De Bellefond voyait depuis long-tems
la nécessité de redresser certains griefs
sous lesquels gémissaient les plus basses
classes, et dont elles se plaignaient hau.
tement ; mais il sentait aussi le danger
de la précipitation, soit en effectuant

une réforme si compliquée et si étendue que l'exigeait le mal , soit en flattant les espérances de la multitude par des promesses prématurées.

D'un côté , il craignait qu'en acquiesçant sans modification à la justice des mesures demandées par la populace , cela pourrait donner lieu à d'autres demandes avant que ses ressources lui eussent permis de les accorder , ou pour qu'une pareille mesure n'eût point été dérogatoire à la dignité du pouvoir suprême ; de l'autre , la réforme d'un gouvernement dont les bases fondamentales existaient depuis si long-tems , même malgré ses abus , paraissait un ouvrage qu'on ne pouvait entreprendre qu'avec la plus grande précaution et la plus grande circonspection. Une grande nation, dont on redresse trop précipitamment les griefs , devient insolente et insatiable. Les préjugés même , quand ils ont été long-tems respectés , sont des barrières aux passions d'une société que le véritable ami de l'ordre ne desire de voir écarter que graduellement. Quoique de Bellefond fût *cet ami de la*

liberté et de ses semblables, qui abhorre
également la violence, et déclame avec
une égale énergie contre la tyrannie de
la populace et celle d'un roi, le despo-
tisme d'un trône, et les désordres de l'a-
narchie, les fourberies d'une cour, et la
férocité des brigands, il savait qu'aucune de ces classes ne pouvait être res-
treinte par la politique, ou retenue par
la force, si le torrent de la révolution
était lâché avant qu'on eût creusé un
canal convenable pour le recevoir.

Le rusé d'Avignon saisit ce moment
de considération de la part de son ami
pour avilir le marquis aux yeux de la
populace, qui, guidée par l'ignorance
et le préjugé, ne l'avait respecté comme
ministre que parce qu'elle était ainsi dirigée par l'opinion générale; mais qui,
également portée à recevoir d'autres
impressions, n'hésita pas à croire, ce
qui fut généralement répandu, *qu'il s'op-*
posait à ce redressement qu'il s'occupait
à préparer, et qu'il était ennemi de
toute réforme, non pas parce qu'il n'en
sentait pas la justice, mais parce
qu'elle était contraire à ses intérêts

comme noble et comme particulier. Ces bruits, circulant rapidement au milieu d'une classe d'hommes ignorans et mécontens, qui étaient déjà révoltés contre ce qui avait aucun rapport avec le gouvernement actuel ; la religion établie du pays, et surtout les priviléges oppressifs de la noblesse, changèrent la confiance qu'ils avaient en de Bellefond en indignation contre sa duplicité et son égoïsme. La faction dominante n'inspire que trop souvent à la populace les sentimens dont elle fait profession, surtout en tems de révolution.

Le ministère de de Bellefond devint subitement suspect et équivoque, même aux hommes qui le connaissaient mieux, et qui pouvaient le plus impartialement juger les motifs de ce délai si odieux au peuple. Quelques nobles des plus puissans, mécontens de sa hauteur, étaient disposés à recevoir toutes les impressions défavorables à ses intérêts ; et le peuple, demandant universellement une réforme, était mûr pour la rebellion, et irrité contre l'infortuné de Bellefond, autrefois son idole, et récemment re-

gardé comme son père et son protecteur. L'accusation faite contre lui fut
soutenue par un grand nombre de personnes, et rien ne pouvait alors lui
épargner l'ignominie d'un procès public, sinon la négative absolue du roi,
qui avait lui-même, en grande partie,
perdu la confiance de ses sujets. Quand
de Bellefond aurait pu s'abaisser jusqu'à solliciter et accepter son interposition dans une affaire de justice, (ce
que son propre honneur et l'intérêt de
sa majesté lui défendaient également)
la malice de ses ennemis aurait rendu
cette interposition de peu de valeur,
et peut-être même inutile. Le roi vit
avec surprise dans son acte d'accusation le crime de sacrilège ajouté à
celui de lèse-nation. L'histoire si long-
tems cachée de l'apostat d'Angélique
Conway, représentée sous les couleurs
les plus criminelles, servit d'un nouveau
prétexte à la faction du jour. Ces accu-
sations étaient amalgamées avec tant
d'art l'une avec l'autre, et tellement
rendues dépendantes l'une de l'autre,
que le roi se serait trouvé restreint d'in-

terposer en sa faveur par cette promesse que le sentiment romanesque
d'honneur de de Bellefond lui avait ar-
rachée, si d'ailleurs sa majesté n'avait
eu, dans la crise actuelle, une infinité
de raisons qui auraient rendu son interposition de nulle valeur.

L'ancien enthousiasme des Français
pour leurs rois était éteint, et l'orgueil
de la royauté déprimé par la conviction
de son propre danger. Louis se sentait
chanceler sur son trône sans oser examiner scrupuleusement les causes de
ses alarmes; et, dans une pareille situation, tout ce qu'il pouvait faire pour
un ministre accusé par le peuple était
de le plaindre en secret, et de déplorer
une ruine qu'il ne pouvait empêcher.
Malgré les précautions et le secret avec
lesquels le comte d'Avignon conduisait
ses mesures contre le malheureux favori, il fut bientôt publiquement connu
que c'était lui qui avait été le premier
instigateur de l'accusation de de Bellefond. Cette connaissance excita contre
lui de vives clameurs, tribut involontaire que les gens même les plus vicieux

paient à la vertu , quand ils voient
que les liens les plus sacrés de la confiance et du pacte social ont ainsi été
rompus.

Quoique ces clameurs eussent été
bientôt appaisées par de nouveaux artifices , les personnes qui ne se laissaient
pas diriger par les cris de la multitude re-
gardèrent d'Avignon comme un monstre,
qu'il fallait extirper de la société, et
qui faisait honte à la nature humaine.
De ce nombre , le roi était un des premiers ; et ayant secrètement été voir
de Bellefond dans sa prison, il saisit
cette occasion de le détromper sur l'ami
à qui il avait depuis si long-tems donné
sa confiance. Mais de Bellefond ne fut
pas immédiatement, pas aisément convaincu d'une scélératesse qu'il n'aurait
jamais cru possible, et d'une hypocrisie qui, pendant tant d'années d'intimité , avait absolument échappé à
son observation. Il reçut d'abord les
communications du roi froidement,
sans y ajouter foi, et même avec hauteur. C'était le caractère de l'ardeur et
de la sincérité de ses attachemens, et

de l'opiniâtreté inflexible avec laquelle
il soutenait des opinions une fois adop-
tées, quand même elles étaient contraires à ses intérêts.

Quand le roi lui cita des exemples
où d'Avignon avait publiquement censuré son administration avec une sévérité indécente : « C'est qu'il y a sans
doute vu des erreurs, » répliqua de Bellefond, « qui m'avaient échappé, ou
qu'il n'était pas en mon pouvoir d'é-
viter, et personne n'est blâmable pour
découvrir des erreurs. Tout le monde
est également libre de critiquer l'administration des affaires publiques ; et se
laisser influencer dans une discussion
politique par une partialité ou une tendresse provenant de l'amitié, serait une
faiblesse que je serais fâché de trouver
en d'Avignon. S'il a censuré quelque
partie de mon administration uniquement parce qu'il n'était pas de même
opinion que moi, il n'a fait que me
traiter comme je l'aurais probablement
fait moi-même en pareils cas. S'il l'a
fait avec une aigreur indécente, je n'ai
pas droit d'être offensé d'une chaleur

dont je suis moi - même quelquefois
coupable. »

Quoique personne ne jugeât avec plus
de justesse et d'impartialité que de
Bellefond la conduite des hommes eu
général, ceux à qui il avait une fois
donné sa confiance et son amitié
étaient toujours à l'abri de sa censure
ou de ses soupçons. S'il s'élevait par
hasard dans son sein quelque soupçon
sur son compte, il le rejetait avec dédain comme une injure faite à l'amitié,
(cette amitié délicate et sans bornes
que peu d'hommes étaient susceptibles
de sentir) quoiqu'on lui citât souvent
des exemples de leur fourberie. Son intimité avec d'Avignon avait commencé
dans un âge où la fraude et la méfiance
sont également inconnues au cœur hu-
main ; à peine les connaissaient-ils alors
de nom ; et quand un plus grand commerce avec le monde lui eut appris
combien l'une était fréquente, et l'autre
nécessaire, d'Avignon, l'élu de son
cœur, et depuis long-tems établi dans
son esprit , était la dernière personne
du monde qu'il aurait soupçonnée. Au
milieu

milieu de ses chagrins domestiques, de Bellefond avait cherché de la consolation dans son amitié, et reçu les effusions spécieuses de l'hypocrisie comme les offrandes naturelles de la sympathie. Sous le poids d'une injuste calomnie et d'une disgrace imprévue, il s'était toujours flatté de posséder un ami sincère et invariable, avait placé son plus grand espoir de consolation en d'Avignon, l'homme dont il avait été le constant bienfaiteur, le frère, le conseiller, et tout ce qui peut exciter la plus grande reconnaissance et la plus grande affection.

C'est pourquoi, quand il fut à la fin convaincu que c'était ce même homme qui l'avait injurié, quand il trouva cette dernière branche de ses espérances renversée, quand il rencontra la plus noire perfidie là où il avait toujours cru la plus pure vérité, confirmé dans son abomination d'un monde qu'il n'avait jamais aimé, il mit de côté les motifs qui pouvaient encore lui rester pour l'endurer plus long-tems, et desira avec

Tome II. K

ardeur que les opérations de la justice
fussent promptes, et qu'elles le condui-
sissent à la mort.

———

CHAPITRE XVIII.

Pour revêtir des formes légales le procès de de Bellefond, les gens de justice qui le poursuivaient au nom de la nation le firent durer beaucoup plus long-tems que ne l'auraient desiré ceux qui avaient fait dresser son acte d'accusation, et qui étaient le plus intéressés à sa ruine. La loi accordait aux accusés un certain intervalle depuis le moment de leur arrestation jusqu'à celui du jugement pour préparer leur défense ; mais dans un tems tel que celui-ci, où l'influence des partis est plus puissante que celle de la justice, ce privilége aurait probablement été abrégé ou mis tout à fait de côté, dans le cas de de Bellefond, si la faction qui était contre lui avait été aussi vigoureuse qu'elle était nombreuse ; mais elle fut pendant quelque tems privée de ceux qui en faisaient mouvoir tous les ressorts.

Le comte d'Avignon, dangereuse-
ment blessé dans le combat qu'il avait
eu avec Saint-Loudon, était alors retenu dans son lit, sans espoir de guérison. Son ami et collègue le cardinal
Parville s'était enfui de Paris sans informer qui que ce fût de son dessein,
emportant avec lui tout son argent comp-
tant et ses papiers les plus importans. Le
duc de C***, homme faible et crédule
mais très-populaire parmi les mécontens, fut détourné de presser le procès
de de Bellefond par d'autres réclamations de la part de la populace, qui voulait qu'on fît une réforme dans la po-
lice de Paris, ce qui, joint aux autres
circonstances, rendait la crise actuelle
très-alarmante. Le procès de de Bellefond, n'étant donc pas poursuivi par ces
suppôts de la jalousie et de la malveillance, fut conduit d'après les formes
lentes, et ordinaires de la justice. Son
esprit, pendant ce tems-là, faisait tous ses
efforts pour maintenir son indépendance et son mépris de l'oppression,
tandis que son corps succombait sous
le poids de la douleur et de l'indigna-

.tion. Il resta plusieurs mois enfermé
dans la Bastille, privé de sa famille,
de toute lueur de consolation, excepté
de celle que pouvait par intervalles
lui offrir la perspective d'un autre
monde.

Ses fils avaient, à la vérité, quelquefois la permission de lui rendre visite;
mais leur vue, l'idée de les laisser sans
protecteur ne servaient qu'à ouvrir
davantage les blessures qui lui déchi-
raient le sein, et il avait outre cela
la douleur d'apprendre par leurs récits
innocens que sa chère Adonia, accablée par les malheurs de son père, incapable de supporter l'idée de ses torts,
paraissait s'avancer à grands pas vers
une fin prématurée. La fièvre dont elle
avait été saisie, la fatale nuit de son
arrestation, et qui dura pendant quelque tems avec violence, avait laissé
derrière elle les germes d'une maladie
moins rapide, mais qui n'était pas
moins dangereuse. Aussitôt qu'elle avait
été en état de pouvoir être transportée,
la marquise d'Estreaux l'avait menée
chez elle, et la gardait avec les plus

tendres soins ; mais le choc qu'elle
avait éprouvé par la malignité de sa
maladie , et les angoisses subséquentes
de la douleur et de la réflexion avaient
miné une constitution naturellement
délicate. Avant que son esprit pût recouvrer cette énergie qui l'aurait aidée
à repousser les attaques de la maladie,
elle éprouva les symptômes de la pul-
monie. La consomption avait empreint
son pâle visage de ses langueurs mala-
dives ; et, comme il arrive souvent
dans ces sortes de maux, durant l'influence de la fièvre , elle était grandie
extraordinairemant aux dépens de ces
sucs salutaires et nourriciers qui con-
servent le corps dans un état convenable, de sorte que sa frêle forme,
incapable de se soutenir, semblait chanceler vers sa chûte : semblable au lys
élevé qui, lorsque séparé par la tem-
pête du groupe qui l'environnait,
tremble de son état isolé et se courbe
humblement devant la brise. Quelle différence entre la gaie et enjouée Adonia,
qui, le jour même avant celui qui avait
commencé ses malheurs, avait dansé

et joué, qui était l'idole d'une foule d'élégans, qui n'avait aucune inquiétude dans son sein, sinon celle qui provenait de la jalousie excitée par ses charmes, ou de la sollicitude d'un esprit bien fait pour repousser l'influence trop enivrante de l'adulation et de la prospérité !.... Ce n'était plus l'objet de l'admiration ni de la flatterie. — La malveillance se réjouissait de la chûte de son père. — La douce, l'innocente Adonia n'était plus distinguée par les femmes que pour exciter leurs remarques insidieuses et leur injuste censure. En proie à la douleur et à la maladie, et tout à fait insensible à toutes ces scènes de gaîté qu'elle avait si récemment partagées avec une vivacité sans mélange, graduellement abandonnée par ceux qui avaient été les plus empressés à la servir quand leurs services étaient inutiles, elle vit alors sous leurs véritables couleurs le peu de solidité des amitiés de la cour et des applaudissemens de la mode. Elle découvrit que ceux qui avaient le plus applaudi à toutes ses paroles et toutes ses actions étaient

les premiers à la mépriser ; que ceux
qui avaient fait profession de la plus
haute estime se contentaient d'une froide
politesse. Elle s'aperçut que le peu
d'attention que lui payait encore à l'extérieur une partie de cette foule joyeuse
qui l'avait suivie avec l'encens d'une
fausse dévotion était plutôt en raison
de la protection que lui accordait *la
marquise d'Estreaux* que comme à la
fille de de Bellefond ruiné ; mais Adonia
était insensible à cette espèce de chagrin que cause, dans un esprit long-tems
habitué aux distinctions artificielles du
monde, le dédain de la multitude ser-
vile qui ne paie de déférence qu'à la
fortune. Elle avait été étrangère à ces
distinctions jusqu'à ce que son jugement , naturellement solide, eût été
affermi dans le biais que son père avait
pris tant de peine à lui donner. Elle
pouvait déjà raisonner et faire des
commentaires sur l'égoïsme des gens
du bon ton avec le calme d'un simple
spectateur ; et le jugement impartial de
la philosophie, qui étudie attentivement
les leçons de l'expérience plutôt pour

augmenter ses propres ressources que
pour déclamer contre les erreurs qu'elle
découvre.

Adonia n'était cependant pas faite pour
être oubliée ou négligée par ceux qui
savaient apprécier le vrai mérite pour
lui-même ; l'adversité avait éloigné d'elle
les étourdis, les insensibles et les mal-
veillans ; mais quoique sa courte appa-
rition dans le grand monde eût borné
la connaissance de ses perfections à
un très-petit cercle, elle avait toujours
conservé plusieurs cœurs, dont la seule
approbation lui était suffisante. Mademoiselle Belmour se conduisit toujours
à son égard avec la plus tendre amitié.
L'innocence et la docilité de son élève,
(comme elle continuait de l'appeler)
plus que la douceur de ses manières ou
les qualités de son esprit lui avaient
rendu Adonia aussi chère qu'une sœur,
et toutes les heures qu'elle pouvait dérober à la cour étaient dévouées à consoler ou à amuser sa favorite affligée.

Mademoiselle d'Arneau, aussi extravagante dans tous ses attachemens, et

K 2

aussi incapable de garder de la rancune
que de réprimer les premiers mouvemens de la colère, perdant avec la
beauté et l'éclat d'Adonia les princi-
paux moteurs de cette jalousie qui les
avait séparées, était redevenue son amie
partiale, et réintégrée dans son ancienne
amitié. Dans les premiers transports de
cette sensibilité éveillée par les chagrins
cuisans qui s'étaient appesantis sur sa
compagne, récemment si gaie et si engageante, elle sembla avoir oublié que
c'était Adonia qui lui avait enlevé le
cœur de milord Arunville, ce prix si
important à sa vanité et à son ambition;
et uniquement fâchée de la cruauté et
de l'injustice de sa conduite envers elle
à leur dernière rencontre, elle s'était
empressée de solliciter une réconciliation. Elle fut une des premières qui
visita le lit de la malade Adonia, où
cette belle et inconséquente pénitente
arrosa son sein de ses larmes, et implora son pardon dans les termes les
plus affectueux.

Charmée et surprise d'une franchise
qui dans un instant effaça toute im-

pression défavorable de sa conduite intérieure, Adonia la reçut avec autant
de chaleur que s'il n'était rien arrivé
pour interrompre leur intimité ; et depuis cette époque, mademoiselle d'Arneau la visita tous les jours. En s'efforçant d'amuser Adonia, qu'elle aimait
réellement avec une ardeur que l'on
rencontre plus souvent chez les incons-
tans et les frivoles que chez les personnes plus raisonnables et plus fermes,
son art spirituel, son esprit versatile,
son imagination inventive et folâtre
effectuaient fréquemment ce qu'aurait
empêché la tendre sympathie d'un esprit plus conforme au sien. Adonia lui
dut plusieurs heures de gaîté involontaire qu'aucune autre société n'aurait
pu lui procurer, et qui avaient un double
mérite quand elle réfléchissait que ces
heures étaient dérobées à cette ronde
d'amusemens et de flatteries qui for-
maient la sphère de mademoiselle d'Arneau.

Si Adonia avait pu pénétrer tous les
mouvemens secrets du cœur de mademoiselle d'Arneau, elle n'y aurait ce-

pendant pas trouvé de grands motifs
de reconnaissance ou d'affection. Quelqu'ardente et même sincère que fût alors
l'amitié qu'elle professait pour elle , elle
n'était pas fondée sur l'estime de ses
bonnes qualités ; mais elle était à tout
moment aussi sujette à céder à un caprice semblable à celui qui l'avait fait
naître. Sa franchise apparente , en
avouant l'injustice de sa conduite passée,
n'était qu'un nouveau motif d'amour-
propre, qui ne voulait pas qu'on la crût
colère ou injuste. Adonia était trop bien-
veillante pour lui donner cette inter-
prétation ; et si mademoiselle d'Arneau
ne méritait pas d'être mise au nombre
de ces amies dont les égards étaient
tout-à-fait indépendans des circonstances , elle réussit néanmoins à se
rendre utile, et à obtenir du crédit
pour le désintéressement de son amitié.
Le sentiment d'Adonia pour sa générosité apparente était encore plus grand
que celui que pouvaient lui exprimer
tous ses adorateurs par leurs pompeuses
flatteries. Cette dernière savait être la
seule cause de l'inconstance de milord

Arunville ; et quand elle apprit qu'il
avait quitté la France à cause de ce
malheureux attachement, sans même
faire la moindre excuse de sa conduite
à mademoiselle d'Arneau, elle *la* regarda avec une nouvelle estime, comme
une femme au-dessus de tout orgueil
borné ou de tout égoïsme.

Milord Arunville, privé par la maladie d'Adonia du plaisir de la voir,
et de plus en plus mécontent de la conduite de sa prétendue future épouse,
était retourné en Angleterre dans l'intention de dissiper par d'autres scènes
son attachement inutile pour une personne, et son vif sentiment de la légèreté de l'autre : le dernier, à ce qu'il
croyait, ne lui ferait pas éprouver tant
de dégoût quand il ne la verrait plus
en parallèle avec Adonia; mais il ne
songeait aucunement à rompre un engagement qu'il se croyait alors tenu
par l'honneur de remplir. Avant son
départ il avait, à la vérité, écrit une
lettre d'adieux à Adonia, dans laquelle il
lui exprimait ses regrets les plus sincères
du malheureux état des affaires de son

père, et ses souhaits les plus ardens
pour sa santé et son bonheur. Dédaignant néanmoins de profiter d'une partialité que les circonstances lui avaient
fait croire qu'elle avait pour lui, il
avait constamment évité de donner la
plus légère idée de son soudain départ
pour l'Angleterre.

Adonia fut vivement touchée de son
départ, et déplora son malheureux attachement pour elle, même avec un
mélange de remords; mais mademoiselle d'Arneau l'apprit sans en être
émue. Quelque effet qu'eût pu produire
une preuve si évidente de changement
sur un cœur sincère et innocent, elle
ne produisit sur le sien ni regret ni
ressentiment. Elle avait trop peu de générosité pour renoncer à son plan favori de splendeur future pour faire le
bonheur d'un autre, quand elle aurait
même été sûre que sa renonciation à
milord Arunville lui aurait obtenu
l'objet de ses desirs, et aurait rendu
heureuse l'amie qu'elle faisait profession d'aimer; mais sa vanité lui per-
suadait qu'il n'était pas possible que ce

goût passager qu'Adonia lui avait inspiré fût de longue durée, tandis qu'elle
daignerait l'honorer d'une préférence
avouée, *elle* qui lui était si supérieure
en beauté et en usage du monde. Elle
était donc assurée qu'en très - peu de
tems il reviendrait se repentir à ses
pieds. Si quelque chose pouvait excuser
une vanité aussi extravagante que celle
de mademoiselle d'Arneau, la sienne
aurait véritablement pu être exempte
de censure. L'art et l'éducation n'a-
vaient peut-être jamais si bien combiné
pour former un modèle extérieur plus
parfait. Il est vrai qu'elle avait sacrifié
à sa fatale beauté, comme des choses
de peu d'importance, tous les sentimens aimables que la nature lui avait
originairement donnés. Son jugement
lui aurait appris à adopter tous les sentimens justes, si la vanité personnelle
et l'amour de l'admiration n'avaient pas
étouffé en elle tous les efforts de sa
raison assoupie, et ne l'eussent finale-
ment rendue, malgré toute son amabilité, un objet d'indignation pour le
cynique, et de pitié pour le bienveillant.

Avec tous ses défauts, néanmoins,
elle était l'idole de la multitude imbécille, et très-aimée, même en dépit de
la raison et du jugement, par plusieurs
individus qui la connaissaient parfaitement. Il existait dans son sein des
germes de générosité et de philantropie
qui, quoique étouffés par la rédondance
de ses frivolités, poussaient de tems
en tems des rejetons subits, trop faibles
à la vérité pour parvenir à la maturité,
mais suffisans néanmoins pour entretenir, dans l'esprit de ceux qui l'aimaient,
le vain espoir d'une abondante moisson.
Elle offrait aux femmes intelligentes
une leçon frappante du danger et de
l'inefficacité des charmes extérieurs;
mais à l'innocente et à la généreuse
Adonia, qui ne jugeait personne avec
autant de sévérité qu'elle se jugeait elle-
même, elle paraissait avec toutes les
couleurs que lui donnaient sa bonté naturelle et ses principes rigoureux. Elle
répandait sur ses joues languissantes un
sourire momentané par l'éclat de son
esprit, et animait son cœur d'une affection sans bornes par toutes les ex-

pressions de la plus grande et plus constante amitié. Mais Adonia avait un
autre ami, aux assiduités duquel il
avait été pendant quelque tems permis
d'adoucir les peines de la langueur et
du chagrin, un ami dont le cœur avait
rendu un hommage involontaire à ses
charmes dès le premier moment qu'il
l'avait vue ; dont le jugement avait ensuite confirmé sa première prédilection ;
dont la délicatesse des sentimens sanc-
tionnait l'affection ; dont l'ame constante et passionnée défiait tous les chan-
gemens de la fortune et toutes les circonstances contrariantes de la sienne
propre. Cet ami n'était autre que Saint-
Loudon. Mais, hélas ! Saint-Loudon était
vraiment un inconnu, ou n'était connu
que comme l'élève de l'infame comte
d'Avignon ; et après quelques visites à
Adonia, en conséquence de la commission dont son père l'avait chargé, les
manières de la marquise d'Estreaux à
son égard lui parurent si rebutantes,
que Saint-Loudon (avec peut-être autant de fierté qu'elle) s'était éloigné
de l'aimable et intéressant objet de sa

nouvelle sollicitude, pour déplorer avec
amertume la cruauté de son malheureux sort, en laissant cependant dans
le sein d'Adonia une nouvelle inquiétude qu'elle se plaisait plutôt à chérir
qu'à réprimer.

C'était pour elle une douce retraite
romanesque où elle oubliait l'amertume
de son chagrin pour son père, en pen-
sant aux momens qu'elle avait passés avec Saint-Loudon, et qui repais-
saient ses pensées de l'idée que, quoique séparée de lui, elle était cependant quelquefois l'objet de sa sollicitude, l'objet de ses plus tendres souhaits.
Il l'avait assurée avec respect que ces
momens seraient toujours précieux à
sa mémoire ; que l'estime dont elle l'a-
vait honorée compenserait toujours dans
son esprit tous les torts de la fortune ;
et tandis qu'Adonia se reposait sur ces
flatteuses expressions, tandis qu'elle se
rappelait la voix touchante, l'air, les
regards de celui qui les avaient énon-
cées, il s'élevait dans son ame un espoir de je ne sais quoi.... un souhait
qu'elle n'osait pas rejeter.... et elle ou-

bliait en un instant qu'elle était malheureuse, et que Saint-Loudon était un
orphelin inconnu et dépendant.

———————

CHAPITRE XIX.

L'INCONNU, Ferdinand Saint-Loudon, avait été introduit très-jeune dans la famille du comte d'Avignon comme le fils d'un de ses parens indigent du Languedoc, dont le père et la mère étaient morts. C'était aussi de cette province que la famille du comte tirait son origine. Cette relation de la naissance de Saint-Loudon n'était cependant pas généralement crue ; aucun fait, aucun témoin n'en pouvait prouver la vérité, et la manière dont il avait été entretenu et élevé n'avait aucune analogie avec l'état d'un orphelin indigent, ou d'un enfant adoptif. D'Avignon, que l'on regardait alors comme l'homme le plus vertueux, fit taire les soupçons de ceux qui voulaient qu'il fût père de Ferdinand, et la chuchoterie de la curiosité se perdit enfin dans d'inutiles conjectures. Il avait reçu toute l'éducation qui convient à un jeune homme de distinction ; et, à sa première entrée dans les cercles du bon ton, séduit par l'exemple, et peu retenu par l'interposition d'un tuteur qui n'était pas véritablement son ami, il se livra pendant quelque tems à toutes les extravagances des vices à la mode. La nature lui avait néanmoins donné d'excellentes idées du bien et du mal, et les habitudes de son enfance avaient réduit en principes durables les notions qu'il s'était formées de la vertu.

Quand donc la lassitude des plaisirs lui permit de réfléchir un moment au genre de vie qu'il menait, il renonça absolument et sincèrement à toutes les folies dangereuses auxquelles il s'était d'abord abandonné. Loin de décourager ses premiers écarts, le comte d'Avignon, délivré par ce changement de cette contrainte que les vertus de Ferdinand lui imposaient, affecta de fermer les yeux sur sa conduite, et l'encouragea même tacitement en lui exposant quelques-uns de ses propres vices.

Quand la réflexion eut rendu Ferdi-

nand à lui-même, il devint à lafois l'objet
de la jalousie et des craintes du comte,
qui perdit peu à peu les restes de cette
tendresse avec laquelle il s'était jusqu'ici
conduit à son égard ; et le traita où avec
une froide méfiance , ou une hauteur
dédaigneuse. Profondément pénétré du
sentiment des obligations qu'il lui avait,
comme à son bienfaiteur, Saint-Loudon
l'avait dès son enfance tendrement aimé , et il estimait ses vertus apparentes
en proportion de l'enthousiasme que la
reconnaissance lui inspirait ; mais quand
il reconnut dans ce prétendu bienfaiteur
un homme dont les actions démentaient
toutes les paroles, qui vivait dans un
mépris volontaire et illimité des principes qu'il professait, son esprit éprouva
les plus sévères combats de la vertu indignée ; et, se révoltant contre un état
de dépendance humiliante, il résolut de
profiter de la première occasion qui se
présenterait pour s'en affranchir, et de
renoncer à la protection et aux services
maintenant empoisonnés par l'indignation de son fier et dédaigneux parent.
Il retenait cependant toujours une grande

portion de cet attachement habituel pour
sa personne, qui, quoiqu'il ne servît qu'à
rendre sa position plus pénible en ajou-
tant un mélange d'intérêt et de regret à
l'horreur qu'il sentait pour ses vices, et
au ressentiment excité par sa rigueur
actuelle envers lui, tenait toujours son
cœur ouvert à chaque motif susceptible
de changer sa résolution, et l'engageait
à voir avec plaisir toutes les apparences
d'un retour de tendresse de la part du
comte. Ainsi, ne sachant à qui s'adresser, il continua à rester, malgré lui,
sous la protection d'un homme qu'il
n'estimait pas, et qu'il n'eut cependant
aucun moyen de quitter jusqu'à l'époque
de l'arrestation du marquis de Bellefond.
Les circonstances changèrent alors son
sort, et le mirent sous la protection
d'un autre.

Le lendemain de cette querelle avec
le comte d'Avignon, dont nous avons
déjà parlé, occasionnée par une jalousie
mutuelle et des injures de la part de d'A-
vignon, que Saint-Loudon ne pouvait
supporter, la première chose que fit ce
dernier fut d'envoyer un cartel à son

impérieux patron. Il n'eut pas plutôt fait
cela, que la réflexion l'en fit repentir
comme d'un acte de témérité et d'injustice. Il crut qu'il était honteux de re-
payer ainsi les bienfaits qu'il avait reçus,
qui, quoique passés, n'en étaient pas
moins obligatoires. S'ils n'existaient
plus actuellement, s'ils étaient rem-
placés par de mauvais procédés, ils
avaient originairement fait une impression sur son cœur; et actuellement
même, le remplissant d'une tendresse momentanée, ils l'engagèrent,
après un court combat avec les sensations de l'orgueil, d'aller trouver le
comte sans armes, pour avouer la faus-
seté du principe qui l'avait poussé à
vouloir défendre des notions d'honneur également erronées par le sacrifice de la reconnaissance et de l'équité,
pour le remercier de ses services passés, et ensuite pour se séparer de lui
pour toujours. Il soupçonnait, à la vérité, que l'esprit altier de d'Avignon, indigné d'avoir reçu un cartel de la part
d'un individu qu'il avait depuis peu traité
comme un inférieur, dédaignerait maintenant

tenant d'entendre ses excuses ; ou les traiterait de poltronerie ; mais Saint-Loudon possédait trop de grandeur d'ame pour se soucier des erreurs d'une fausse représentation , et il résolut secrètement de ne point permettre qu'aucun sarcasme , aucun reproche , aucune injure même , excepté la nécessité de sa propre défense , le provoquât à tirer l'épée quand un pareil acte eut une fois été défendu par le tribunal de sa raison et de son jugement. Il sortit dans cette résolution du logement obscur où il avait passé une nuit sans sommeil, et fut aussitôt introduit à d'Avignon. Mais quel fut son étonnement quand, au lieu de cet accueil dédaigneux et hautain auquel il s'attendait, le comte lui tendit la main d'une manière amicale, et lui rendit sa lettre de cartel sans l'avoir décachetée ! « J'en savais le contenu, Ferdinand, sans en rompre le cachet, » dit-il, » et je me préparais à vous la rendre sans l'avoir lue , parce que je prévoyais que vous reconnaîtriez une erreur qu'ayant moi-même provoquée, je suis prêt à oublier, et parce que je voulais vous convaincre que je desire de l'oublier entièrement. Les erreurs qui proviennent d'un sentiment de sa propre dignité et d'une juste indépendance ne doivent pas être traitées avec rigueur, ni toujours être punies en proportion de leurs effets. J'ai offensé cette indépendance, et j'avoue la justice de votre ressentiment en blâmant son imprudente précipitation. Comme le premier aggresseur, je me sens obligé à faire cet aveu, et je n'ai pas besoin de vous dire que tout autre que vous ne m'aurait pas envoyé ce cartel impunément. »

Saint - Loudon l'écouta sans l'interrompre avec un mélange de surprise et de mépris. — Quoiqu'il eût, quelques minutes auparavant, desiré de le trouver ainsi calme et raisonnable, il rougit de la poltronerie et de la duplicité qui, d'après le caractère de l'homme, lui parurent cachées sous cette harangue spécieuse et inattendue. Gardant cependant le sang froid qu'il avait résolu de conserver, il le complimenta sur sa modération ; et, après lui avoir expliqué à la hâte les motifs qui l'engageaient à lui dire un éternel adieu, il se leva ; et , d'une voix que rend tremblante le regret naturel qu'éprouve un homme qui voit pour la dernière fois les scènes des heureux jours de son enfance, oubliant dans ce moment tous les nuages qui les avaient obscurcies, il lui fit un court remercîment de ses services passés, souhaita le bonheur et la prospérité d'un bienfaiteur qu'il avait long-tems aimé, mais qu'il ne pouvait plus respecter, et partit sans attendre la réponse du comte, que la consternation et la surprise ne lui avaient pas permis de faire.

Il ne lui fut cependant pas permis de le quitter ainsi. — D'Avignon le suivit à l'instant, et le retint. La crainte peinte sur le visage, il le supplia avec le langage de la plus grande tendresse, et une véhémence qui l'étonna, de rester : il protesta qu'il était extrêmement fâché des dernières insultes qu'il lui avait faites ; il en appela à lui-même, et lui dit de juger si, d'après la manière dont il l'avait ci-devant traité, il pouvait refuser d'ajouter foi à la pro-

messe qu'il lui faisait maintenant d'a-
voir toujours pour lui les mêmes égards
et la même estime. La conviction de
sa turpitude et de sa scélératesse ne put
cependant pas s'effacer de l'esprit de
Ferdinand, quoique son cœur fût ému,
et sa résolution ébranlée. Il n'avait pas
encore décidé de quelle manière il dis-
poserait de sa personne, ni même où
il trouverait une retraite momentanée;
cependant, ayant une fois résolu de
secouer le joug de la tyrannie oppressive
de ce qu'il regardait comme une obli-
gation déshonorable, ayant surmonté
les premiers efforts d'une affection toujours vivante, il n'était pas facile de
l'attirer de nouveau dans le piège, et
sa résolution fut long-tems inébranlable
aux promesses et aux supplications de
d'Avignon. Sa constante réplique était:
« Il est honteux pour un jeune homme
qui a de la santé de perdre son tems
dans une dépendance inactive. Il y a
long-tems que vous persistez à me refuser votre crédit pour me faire obtenir
quelque emploi ; il faut maintenant que
je tâche de m'en procurer un moi-même, »

« Ferdinand, » dit à la fin d'Avignon d'un ton solemnel et pénétrant, « n'avez-vous jamais senti un desir de savoir quels étaient les auteurs de vos jours? *Il n'y a que moi qui puisse vous en informer;* mais si vous renoncez à ma tutelle, si vous rejetez ma protection, ce secret ne sera jamais révélé. »

C'était la première fois qu'il encourageait Ferdinand à croire que le mystère dont sa naissance était enveloppée serait un jour dévoilé. Ses espérances, ses souhaits, ses questions sur cet article avaient si souvent été réprimés et défendus, si souvent éludés par de vagues répliques, qu'il avait depuis long-tems cessé de se tourmenter en réfléchissant à un sujet si rempli de doutes et de difficultés, et que les bontés et la protection du comte avaient rendu moins important. Mais, maintenant qu'il méprisait ces bienfaits, et voulait se soustraire à sa protection, qu'il se sentait sur le point de se lancer dans un monde où la fortune est incertaine, seul et sans amis, sa curiosité se ralluma avec une nouvelle force, son cœur éprouva des émotions inexprimables, palpita du desir de retrouver *un père*, et l'espérance flatteuse lui suggéra une multitude d'idées attrayantes qu'il brûlait de réaliser.

Cependant d'Avignon continua toujours d'éluder ses questions. « Il n'avait pas encore la liberté d'y répondre... Il y avait des circonstances, qui accompagnaient sa naissance, qui exigeaient le secret pendant un certain tems, et il avait pris l'engagement solemnel de garder ce secret inviolable. » La curiosité et l'impatience de Ferdinand ne connurent plus alors de bornes : « Quand, quand ce tems arrivera-t-il ? dites - moi combien je dois encore languir dans ce suspens ? » s'écria-t-il impétueusement, après avoir inutilement épuisé tous les argumens qu'il put trouver pour vaincre la réserve du comte. « C'est encore une question à laquelle je ne puis répondre, » » répliqua le comte, « parce qu'elle conduit à des éclaircissemens d'une plus grande importance ; mais vous pouvez compter sur la promesse que je vous fais que vous serez un jour instruit de ce

que vous desirez aujourd'hui si ardemment de savoir, pourvu toutefois que
vous abandonniez ce *donquichotisme* qui
vous a saisi, et que vous soyez satisfait
de votre situation. »

« J'ai encore une question à vous
faire, » s'écria Ferdinand; « répondez-
moi à celle-ci, et je suspendrai après
cela toutes mes demandes jusqu'à ce que
vous vouliez vous-même les satisfaire.
— Mes père et mère vivent-ils encore?
Et ... » — « Arrêtez, jeune homme! »
s'écria sévèrement d'Avignon, « et écou-
tez tout ce qu'il m'est actuellement permis de vous dire. Il dépend de vous, de
l'observation ou du refus des conditions
que je vous ai déjà offertes, de rester
toujours dans l'obscurité où vous êtes,
ou d'être élevé dans la société à un
rang qui pourra satisfaire vos plus ambitieuses vues. »

Une profonde rougeur se répandit sur
le visage de Ferdinand. La fille du marquis de Bellefond pénétra dans son cœur,
avec la probabilité que les dernières
paroles de d'Avignon lui avaient sug-
géré que sa naissance serait telle, qu'elle

diminuerait la présomption d'aspirer à
sa main. Une combinaison de pensées
tremblantes et de souhaits à demi-for-
més ; d'espérances , de craintes et de
doutes retint son esprit dans l'indécision. Il s'arrêta , réfléchit, pesa toutes les
conséquences. Rester avec le comte était
humiliant ; le quitter c'était couper le
seul fil qui pouvait le conduire dans le
labyrinthe de sa naissance, se résoudre à
son ignorance et à son obscurité actuelle,
et laisser une distance effrayante entre
lui et Adonia. D'Avignon lui avait of-
fert l'amorce la plus propre à le séduire ,
et la lutte qu'il soutint au-dedans de lui-
même se termina par la détermination
de rester avec lui au moins assez de tems
pour juger par sa conduite subséquente
quelle confiance il pouvait avoir en ses
paroles.

Exalté par ces rêves flatteurs que lui
avaient suggérés les paroles du comte,
Ferdinand continua quelque tems à faire
taire les reproches de cette espèce d'orgueil , qui parlaient contre l'assujettisse-
ment auquel il s'était encore soumis. Il
considérait que si, par sa naissance et

sa fortune, il avait réellement des droits
à tenir dans la société un rang assez
élevé pour satisfaire ses souhaits les plus
ambitieux, il serait aussi en son pouvoir de récompenser les bienfaits qu'il
lui avait rendus, et d'effacer par sa mu-
nificence l'humiliation de toute obliga-
tion pécuniaire; que c'était une folie de
rejeter la seule perspective dont la fortune l'eût jamais flatté, jusqu'à ce qu'il
eût fait une courte expérience de sa sincérité. Il concluait que, s'il était trompé,
ce manque de succès ne rendrait pas son
état pire qu'auparavant, et que peut-
être il n'en serait pas plus redevable à
d'Avignon, qui, selon lui, devait avoir
de forts motifs d'intérêt pour l'empressement qu'il avait mis à regagner sa
confiance, et à conserver la tutelle d'un
homme qu'il n'aimait certainement pas.

Saint-Loudon n'était cependant pas
d'un caractère à endurer long-tems une
situation contre laquelle son orgueil
s'était une fois révolté, et il ne pouvait
pas non plus s'abaisser à flatter les faiblesses d'un homme dont il avait découvert et condamné les vices. Comme il lui

était permis de continuer à Adonia ces
visites , dont la perfidie reconnue du
comte envers son père l'avait exclu, la
jalousie qu'il excita dans le sein de
d'Avignon , et que ce dernier avait quelque tems étouffée , se ralluma avec une
nouvelle force , et rompit bientôt les
barrières d'une tendresse affectée.

Ferdinand fut encore accusé de présomption ; insulté de nouveau par les ex-
plosions immodérées de la violence, ou
par les plus froides , mais plus piquantes
rebuffades d'un rival jaloux et altier,
qui , quoiqu'il se soumît pour le moment
à la nécessité , et qu'il suspendît ses attaques sur Adonia, n'avait ni abandonné
ses desseins de l'obtenir, ni ses espérances de succès : cependant Saint-Loudon , toujours soutenu par l'accueil que
lui faisait Adonia , et inspiré par les
rêves de l'espérance, auxquels *son image*
donnait un plus beau coloris, continuait
à éluder toute provocation, sachant que
s'il était forcé de quitter une seconde
fois d'Avignon, ce serait renoncer pour
toujours à son espoir de fortune et de
bonheur. A la fin, banni de la société

d'Adonia par la froideur rebutante que sa protectrice, sans aucune raison, avait soudainement prise envers lui, il découvrit qu'il devait ce changement à d'Avignon, qui avait employé des agens secrets pour l'avilir aux yeux de la marquise en exposant et en ampli-fiant les folies dont il avait autrefois été coupable, et en éveillant ses soupçons sur l'objet de ses visites à Adonia. Tout à fait dégoûté de d'Avignon, indigné contre lui, et frustré en même tems des espérances qu'il avait conçues, il rompit de nouveau les chaînes insupportables de la dépendance, et quitta subitement et en secret l'habitation maintenant abhorrée, où il n'avait rencontré que la fourberie ou l'insulte.

Il est impossible d'exprimer la consternation de d'Avignon, qnand il trouva qu'il s'était effectivement enfui. La terreur, le chagrin et un remords apparent tourmentèrent tour à tonr son esprit, et il fut pendant quelques heures incapable d'agir ou de prendre une résolution. Il y avait dans le caractère de d'Avignon une forte teinte de superstition. Quoiqu'il affectât de ridiculiser les cérémonies extérieures de la religion, et que toute sa conduite montrât un mépris absolu de ses préceptes, il y avait des tems où la terreur religieuse s'insinuait malgré sa raison dans ses sens, où des craintes de je ne sais quoi, le faisaient prosterner devant l'autel pour réclamer la protection, ou implorer la pitié d'un Dieu qu'il n'avait jamais cherché à se rendre propice, ni à connaître. Cette espèce de crainte mystérieuse paraissait à présent dominer chez lui, et ceux qui l'environnaient furent extrêmement surpris de remarquer que sa première impulsion, lors de la nouvelle du départ de Ferdinand, avait été de se renfermer dans son cabinet, et d'envoyer chercher son confesseur..... homme qui ne l'avait point vu depuis plusieurs années relativement aux fonctions de son état.

Cette circonstance, jointe à la recherche vigilante et suivie qu'il fit faire pour découvrir le fugitif, à laquelle il assista lui-même en personne, n'épargnant ni argent ni fatigue, éveilla d'étranges soupçons. Un si grand intérêt au sort d'un enfant prétendu de son adoption., d'un orphelin sans amis, que l'on savait très-bien qu'il n'aimait pas, et qu'il avait depuis peu traité avec la hauteur la plus insolente, renouvelèrent les conjectures touchant la naissance et les prétentions de Saint-Loudon, qui avaient circulé quelques années auparavant. On assura, comme on l'avait fait alors, que c'était le fils d'une célèbre beauté italienne de grande naissance et de grande fortune qui avait résidé à la cour de France, et qui avait été secrètement mariée avec M. de Valletort, ami intime de d'Avignon, à une époque correspondante à celle de son âge.

Ce mariage, quoiqu'on sût bien à la cour qu'il avait eu lieu, n'avait jamais été avoué par les parties elles-mêmes ; et trois ans après, à la mort de Valletort, la dame était retournée en Italie, conservant toujours son nom de fille, et ayant laissé, selon le bruit commun, un fils derrière elle, que de certaines raisons de famille l'obligeaient à cacher. C'était exactement à cette époque que Saint-Loudon avait paru dans la famille de d'Avignon, et plusieurs autres circonstances favorisaient la conjecture qu'il était fils de Valletort, et l'héritier présomptif de la grande fortune de sa mère. On présumait même que c'était pour mieux la lui conserver qu'elle l'avait caché à sa famille, qui aurait hautement désapprouvé son mariage avec un étranger d'un rang inférieur, et qui avait encore le droit, comme elle n'était pas majeure, de priver son fils de l'héritage. La cérémonie du mariage avait été célébrée par l'abbé Poverlerie, confesseur de d'Avignon, et c'était le même prêtre auquel dans sa détresse actuelle il avait recours pour des consolations spirituelles.

Cette histoire de l'origine prétendue de Saint-Loudon, qui était alors devenue plus que jamais un objet de curiosité, fut cependant tout à coup contredite par une autre encore plus extraordinaire, mais qui était soutenue par des preuves authentiques et incontestables. Les particularités en étaient à la vérité défigurées par le pinceau de l'exagération, ou les erreurs de l'ignorance ; mais nous allons nous hâter de raconter les faits fondés sur la vérité.

Il y avait long-tems que l'abbé Poverlerie était négligé par son patron, eu égard à ses fonctions et aux émolumens de sa vocation. Desirant donc faire servir le trouble d'esprit qu'il aperçut dans ce dernier à ses propres vues d'intérêt, il lui représenta que, pour adoucir les reproches de sa conscience, ainsi que pour détourner l'indignation de l'église de sa négligence à remplir ses devoirs, (et d'un certain manque de bonne foi, lui fit entendre l'abbé qui pourrait entièrement le ruiner dans ses biens temporels) il serait à propos qu'il fît un présent aux frères de l'ordre dont il était. D'Avignon y consentit avec cependant un peu de répuguance, ce qui arrivait toujours quand on voulait toucher à sa bourse ; mais lorsqu'il lui eut demandé quelle somme il fallait donner pour *montrer sa soumission aux bons pères,* il fut indigné de la rapacité de l'abbé, et du ton impérieux dont il accompa-

gna sa demande. Il rétracta en conséquence sa promesse, et chargea d'injures
ce vénérable avocat de l'église. Celui-ci,
au contraire, avec la conviction de la
dignité de ses fonctions, le quitta d'un
air calme et dédaigneux, vouant secrètement à son dieu offensé, Plutus,
que cet insolent refus ne serait pas im-
puni. D'Avignon, quoique fort irrité,
et maintenant plus que jamais l'esclave
de ses passions qu'il avait autrefois su
voiler de la plus grande hypocrisie, ne
tarda pas à s'apercevoir de la faute qu'il
avait faite, et le suivit avec des conditions de paix de nature à détourner in-
failliblement la vengeance projetée du
prêtre trompé. Mais celui-ci avait déjà,
dans le premier mouvement de son ressentiment, divulgué tout ce qu'il savait
de l'inique secret que d'Avignon gardait depuis si long-tems sans être soupçonné, et qui était maintenant la cause
de son trouble.

L'abbé ne vit cependant pas la nécessité de lui dire cela ; il n'en avait
fait confidence qu'à quelques gens d'honneur qui, à ce qu'il croyait, ne le

trahiraient pas, et il accepta gracieusement les offres de d'Avignon, et lui pardonna son moment de colère, tandis que le secret, qui était le prix de cette heureuse réconciliation, circulait rapidement dans les cercles où d'Avignon et Saint-Loudon étaient connus.

La personne à qui l'abbé l'avait communiqué avec le plus d'emphase et d'une manière plus particulière, était un médecin nommé d'Orville, homme d'un rare mérite, et qui avait éprouvé de grands malheurs. D'Orville connaissait fort peu Saint-Loudon; mais s'étant imaginé avoir trouvé en lui quelque ressemblance avec un fils unique qu'il avait perdu, cette circonstance l'avait involontairement intéressé à ce jeune homme. Ayant rencontré l'abbé peu de tems après sa querelle avec le comte, il fut porté par quelque chose de plus que la simple curiosité à lui demander si d'Avignon avait eu quelques renseignemens au sujet du fugitif. L'abbé lui ayant répondu négativement, et exprimant ses appréhensions sur son compte, continua à faire rouler la conversation

sur Ferdinand, jusqu'à ce qu'il eût fait
entendre à d'Orville qu'il connaissait
des circonstances très-intéressantes sur
l'origine de ce jeune homme, qu'il ne
paraissait pas éloigné de vouloir communiquer, encourageant le médecin à
dire librement ses sentimens sur le comte
d'Avignon, à qui leur conversation
avait indirectement rapport. D'Orville,
qui était aussi éloigné de penser malice
que de la soupçonner, lui avoua aisément les conjectures qu'il avait faites
sur les motifs de la conduite mystérieuse de d'Avignon. Elles exprimaient
assez la haine invétérée qu'il avait pour
la personne et le caractère de d'Avignon, pour fournir à l'abbé une excuse
plausible de faire connaître sés sentimens défavorables au sujet d'un homme
qui était supposé son patron, surtout
à un individu qui lui était pour ainsi
dire étranger. Affectant donc une grande
indignation à mesure qu'il entrait dans
l'examen des différentes circonstances
de la conduite de d'Avignon, il s'écria
à la fin qu'il savait que le comte était
un scélérat capable de commettre tous

les crimes, et qu'il n'avait que trop
lieu de craindre que son malheureux
pupille, qui avait vraiment de grandes
prétentions, ne devînt la victime de
son avarice. Il déclara que son amour
de l'honneur ne lui permettait pas d'être
plus long-tems complice d'un inique
secret, (auquel il avait été involontairement engagé) en voyant qu'il était
aussi funeste à un aimable jeune homme
qui était intéressé à le connaître, qui
avait été forcé de se soustraire, comme
un fugitif et un vagabond, à l'oppression d'un tuteur qui savait bien qu'il
avait droit à toutes les distinctions
de la naissance et de la fortune. Il ne
doutait pas que l'avarice de d'Avignon
ne lui fît supprimer à jamais ces prétentions à la naissance de la part de
son pupille, et mettre dans son coffre-
fort cette fortune qu'il s'était engagé
de la manière la plus solemnelle à lui
garantir.

Il aperçut bientôt la profonde impression que faisait ce discours sur l'esprit sensible et enthousiaste de d'Orville;
et, le trouvant extraordinairement af-

fecté du sort de Ferdinand, et plein de
toute l'indignation qu'il désirait lui
inspirer contre la scélératesse de d'A-
vignon, l'abbé lui avait alors proposé de l'accompagner chez lui, afin
de pouvoir converser plus à leur aise.
Là, après l'avoir informé que Ferdinand n'était pas, comme on l'avait rap-
porté, le fils de Valletort, il lui raconta
ainsi les particularités secrètes auxquelles
ses insinuations antérieures avaient fait
allusion.

Il y a environ quinze ans, je fus subitement appelé par un Anglais, sur la
physionomie duquel le désespoir et la
misantropie, quoique peints, n'avaient
pas encore effacé ses traits naturels de
candeur et de bienveillance. Un certain
air de grandeur annonçait sa haute naissance ; une insouciance égarée pour les
formes démontrait que son cœur était
oppressé par des malheurs extraordinaires ; . . . . c'était, en un mot, un
noble et intéressant débri *que je n'ou-*
blierai jamais.

Ferdinand avait alors cinq ans ; il le tenait par la main ; et après les saluts d'usage et une courte introduction dans laquelle il refusa de faire connaître son nom, il me dit avec emphase qu'il était *lié avec le comte d'Avignon* ; puis, me montrant l'enfant, il me demanda si je le connaissais ; je répondis que oui, que je l'avais vu chez le comte, qu'il y demeurait, et portait le nom de Ferdinand Saint-Loudon. — « Regardez-le attentivement, » dit-il, « remarquez bien ses traits.... Maintenant, voyez ce portrait ! » Je le fis : c'était une miniature de l'enfant qui lui ressemblait parfaitement. — « Ne me ressemble-t-il pas aussi ? » dit l'étranger. — « Oui, vraiment, répliquai-je, frappé alors de la grande ressemblance qu'il avait avec celui qui me faisait ces questions mystérieuses. Maintenant la ressemblance est encore plus parfaite, quoique l'expression de Ferdinand ait plus de la réflexion pensive que du profond désespoir répandu sur les traits de son père. — « C'est mon fils ! » s'écria-t-il d'un ton plus doux et attendri. Puis, repre-

nant le ton solemnel avec lequel il avait
parlé d'abord , il ajouta : « Pourriez-
vous par la suite le reconnaître par ces
traits ? Vous engageriez-vous (si cela
était nécessaire à quelque époque future)
à rendre témoignage de l'identité de sa
personne ? » « Les traits de l'enfance , » répondis-je , « sont trop chan-
geans pour qu'on puisse y compter ;
mais s'il retient la moindre portion de
sa ressemblance avec vous , je pense que
je pourrais promettre de le reconnaître
dans toutes les parties du monde. »
« Oui , *mes* traits sont fortement mar-
qués , » dit-il avec un sourire amer....
« Il est étrange qu'un enfant me res-
semble ! un enfant qui n'a eu aucun
commerce avec le monde, qui n'a jamais été la dupe de la fourberie , la victime de l'ambition , *le jouet du destin* ! »
Il s'arrêta un moment , et resta plongé
dans une profonde rêverie. Reprenant
ensuite un air plus gai , il ajouta : « Cet
enfant était né pour avoir un rang et de
la fortune dans un pays où tout le monde
vous dira que les lois sont respectées, et
que le peuple est heureux. *Je suis un*

homme de distinction. Son père, son grand-père sont pairs de la Grande-Bretagne, nageant dans les richesses, et environnés d'une splendeur dont l'éclat éblouit l'envieuse multitude, et offre en apparence un étalage de bonheur : cependant, ce malheureux père est privé du plaisir le plus ordinaire dont jouit le père le plus vulgaire.

« Poursuivi par les partisans diaboliques de l'orgueil et de la cruauté, de l'avarice et de l'ambition, il est forcé d'exiler son enfant, son seul trésor, chez des étrangers peut-être aussi fourbes et aussi traîtres que les parens auxquels il le cache. C'est un riche héritier, et il peut se faire qu'on lui dispute ses droits quand je ne serai plus là pour confirmer ses prétentions. Je desire ardemment lui laisser des moyens certains d'établir ses droits futurs, et je lui ferai des marques qu'il sera impossible à l'enfer même d'effacer : *car l'homme n'est fidèle qu'autant qu'il craint que sa trahison sera découverte.* »

Son visage se dépouilla alors de sa sévérité, s'adoucit avec sa voix, et il

ajouta : « Ce n'est pas uniquement pour
lui assurer la frivole acquisition des titres et des richesses que je me soumets à
me séparer de mon fils. Ce ne sont pas
là , hélas ! les garanties du bonheur ; cependant il y a droit ; et quand j'aurai ter-
miné ma malheureuse carrière , quand
il n'aura plus de père , de parent pour
le protéger , il trouvera du moins que ces
choses donnent de la distinction , et
sont susceptibles de lui accorder une autorité dont il aura sûrement besoin.
Mais, ô mon aimable enfant ! je me sé-
pare de toi , parce que je ne puis *te regarder sans frémir !* Je pourrais fuir
avec toi dans quelque retraite cachée ,
renoncer à ma famille , oublier mon
rang , et là , vivre et mourir pour toi ;
mais ta présence fait également mon
supplice et mon bonheur ; et là , les
soins que je t'accorderais , me rappelant
continuellement le passé , m'empêche-
raient d'être distrait par d'autres objets
qui doivent nécessairement m'occuper
dans la société. Au lieu d'instruire et de
fortifier ton esprit , je fixerais perpé-
tuellement les yeux sur ta chère et innocente

nocente figure : au lieu d'égayer tes tendres années , je pleurerais sur toi , ar-
rosant ton innocente enfance de la ro-
sée pernicieuse d'une douleur éternelle ,
jusqu'à ce que mes angoisses m'eussent
réduit au désespoir : alors tu resterais
seul, sans père , plus dénué qu'auparavant ! » Il s'arrêta , et parut encore
plongé dans une profonde rêverie. A la
fin, il rompit le silence , en me priant de
me trouver à une certaine heure de la
nuit à l'hôtel du comte d'Avignon ;
et , après m'avoir donné quelques in-
formations sur l'affaire dans laquelle il
avait besoin de mon assistance , il se retira avec la même précipitation avec laquelle il était entré.

A l'heure marquée, je le trouvai avec
le comte dans un appartement retiré,
où il n'y avait qu'une seule lumière sur
une petite table. Sur cette table étaient
la miniature dont j'ai déjà fait mention, un petit paquet de papiers, dont
quelques-uns cachetés, une bible et un
bréviaire. Un notaire , qui attendait
dans une chambre voisine , fut introduit,
et nous nous assîmes tous autour de la

table. Le notaire, qui, à ce que je crois, était une créature de d'Avignon, prêta alors serment de garder le secret sur tout ce qu'il verrait ou entendrait. J'en fus dispensé à cause de mon caractère, qui nous oblige à ne point divulguer ce qui nous est confié sous le sceau du secret. On lut un papier qui avait été rédigé par le notaire, dont la substance était que, « d'Avignon se chargeait du soin d'un enfant communément appelé Ferdinand Saint - Loudon; de l'élever d'une manière convenable *à sa naissance*; qu'il s'engageait à le tenir *lui* et tout le monde dans l'ignorance de son rang et de ses prétentions, jusqu'à ce qu'il eût atteint l'âge de vingt-un ans; que si le jeune homme n'était pas alors convenablement réclamé par ses parens, il le conduirait lui-même en Angleterre, et ferait usage des papiers préparés pour établir ses prétentions. »

Le comte signa cet acte singulier, et nous y mîmes aussi nos noms comme témoins. Les papiers auxquels j'ai fait allusion furent ensuite solemnellement mis par l'Anglais entre les mains de d'A-

vignon. Ayant été prévenu auparavant
par ce dernier, je pris le contrat dont
j'ai premièrement fait mention, et, le
mettant sur la bible que j'avais ouverte à un passage qui dénonce la malédiction contre tous ceux qui rompent
leurs conventions, je fis mettre d'Avignon à genoux; et, plaçant sa main sur
le livre, je lui administrai le plus terrible de tous les sermens de l'église, le
liant solemnellement par ce serment à
observer ponctuellement toutes les promesses écrites dans le contrat, et in-
voquant sur sa tête cette malédiction de
l'écriture s'il osait s'écarter d'aucune
partie de ses engagemens.

L'étranger se mit alors à genoux; et,
les mains levées vers le ciel, avec l'expression de la douleur et de l'enthousiasme peinte sur son visage, il resta
plusieurs minutes dans cette attitude;
pénétrés d'un saint respect, aucun de
nous n'osa, par le moindre mouvement,
interrompre sa dévotion. Aussitôt qu'il
fut relevé, il ordonna au notaire de se
retirer, et, d'une voix tremblante, demanda à voir encore une fois son fils.

Saint-Loudon fut amené, et son père l'embrassa et pleura sur lui sans se contraindre. Un de ses domestiques entra précipitamment, et lui dit quelque chose à l'oreille. « Il faut donc que je m'en aille sur-le-champ ? » s'écria-t-il en se levant en sursaut, et devenant pâle. — « Mais un moment, je n'ai pas encore pourvu à la subsistance de mon fils. » Et tirant de son porte-feuille des billets de banque pour cinq mille louis : « Cette somme, » dit-il en s'adressant à d'Avignon, « sera, je crois, suffisante pour les dépenses de mon fils durant sa minorité; mais s'il en fallait davantage, vous savez, monsieur, où vous adresser, et vous avez outre cela reçu »…. — Il s'arrêta, me regarda, puis regarda le comte d'une manière expressive. Celui-ci parut soudainement alarmé, et fit un mouvement involontaire de la main, qui semblait implorer son silence ; embrassant alors encore une fois son innocent enfant, il se jeta dans une chaise de poste qui l'attendait, et quitta Paris sur-le-champ, quoiqu'il fût alors près de minuit.

« Ces circonstances , » ajouta l'abbé Poverlerie, « sont des preuves convainquantes que le jeune homme en question est descendu de quelque famille de distinction. Il n'est pas probable que son père eût osé prendre un pareil ton vis-à-vis d'une personne du rang et du caractère altier de d'Avignon, s'il n'avait pas lui-même été d'un rang supérieur ; et la grande somme d'argent que je lui vis donner, jointe à la phrase commencée, faisant allusion à un pareil dépôt antérieur, est aussi une preuve évidente de ses prétentions à la fortune. »

« Son grand-père, son père étaient pairs de la Grande-Bretagne, » dit d'Orville en ruminant ; « et vous dites que les machinations qu'il appréhendait de sa famille portèrent cet Anglais mystérieux à cacher son fils chez des étrangers ? — Ne connaissez-vous aucune autre circonstance à son sujet ? « Aucune , » répliqua l'abbé, « qui jette un plus grand jour sur l'origine de ce jeune homme ; mais cet Anglais était soupçonné d'avoir commis un assassinat affreux qui eut lieu à Paris environ trois

ans avant le tems dont je fais mention,
et on peut probablement regarder cela
comme une des raisons du secret qu'il
voulut garder. Le lendemain de son départ de Paris, il fut vigoureusement
poursuivi; mais il n'a jamais été amené
devant la justice, ni pris, à ce que je
crois. Cependant d'après toutes les particularités qui m'ont été communiquées
sur cette triste affaire, il me paraît
clairement qu'il était ce meurtrier. »

« Un meurtrier! » s'écria d'Orville,
en frémissant; « qui donc a-t-il assas-
siné? » « Deux personnes, » répondit
l'abbé, « qui demeuraient dans les fau-
bourgs furent subitement et secrètement assassinées à l'époque dont je fais
mention, et l'on n'a jamais pu découvrir les auteurs de ce crime. Je ne puis
positivement dire de quelle manière il
était lié avec elles; car c'était des gens
en apparence dans la pauvreté, et il
était tout à fait étranger à Paris, où
ils avaient, je crois, résidé plusieurs
années; mais ils étaient d'origine anglaise, un homme et son épouse; et
l'on dit que la femme, qui était extrê-

mément belle, était mère de Ferdinand. »

Ici une rougeur subite couvrit le visage pâle et expressif de d'Orville. Le
nom, comme si c'était la première fois
qu'il l'entendait, parut lui rappeler quelque souvenir intéressant, et il répéta :
« Ferdinand ! » Puis joignant les mains,
et jetant les yeux vers le ciel avec de
fortes marques d'émotion : « O ma pauvre
Agnès !... Le nom, la ressemblance ....
tout .... tout contribue ... cependant un
assassin ! non, non, non ! cela ne peut
pas être !... c'est impossible ! » Il s'efforça de respirer, et trembla d'une manière convulsive ; les apparences et une
singulière coïncidence de circonstances
avaient éveillé ses sensations à quelques-
uns de ces malheurs de sa jeunesse, qui
avaient donné à son caractère une teinte
particulière du romanesque ; et ce souvenir produisit toutes ces originalités
qui font souvent que le spectateur froid
regarde la grande sensibilité comme un
accès de folie.

Quelque léger que fût le fondement
pour croire cette coïncidence réelle,

la corde qu'il avait touchée continua sa vibration, et fixa irrévocablement l'intérêt que Ferdinand avait
déjà excité dans son sein : sans faire
attention à la présence de l'abbé, ou
aux singulières conjectures auxquelles
ses émotions pouvaient donner naissance, il continua de parler d'une manière incohérente de vengeance et de
Ferdinand, tandis que les larmes cou-
laient en abondance de ses yeux. L'abbé,
pleinement satisfait du choix qu'il avait
fait de son confident, se leva, et lui dit
adieu.

FIN DU TOME SECOND.